河出文庫

十二神将変

塚本邦雄

河出書房新社

目次

十二神将変

光明照耀、身如瑠璃、受用無尽、大乗安立
三聚具足、諸根具足、衆患悉除、転女成男
安立成見、禁縛解脱、饑饉安楽、衣服厳具

薬師如来十二誓願

第一部　翡翠篇《ひすい》

鰯の裂鱠《さきなます》を肴に手酌でかれこれ小一時間、飾磨《しかま》家の晩餐は終らうとしてゐるのに、居候の淡輪空晶《たんのわくうしやう》の方は別卓で例によつて悠悠と構へ、この分では仕上の茶漬に漕ぎつけるのは八時頃だらう。主人の天道《てんたう》は下戸だから相手をしたためしもなく、女房の須弥《すみ》も燗の世話一つ焼かない。ここ数年の習慣で双方意に介することもなく、それでゐて週に二、三度空晶が夕食に転りこみ仏頂面で盞を傾けないと、家族一同何となくもの足りず、決つて天道が在否を確めに足を運ぶのだ。空晶は須弥の弟でそろそろ大厄に近い。サンスクリットの権威らしいが、一方では食虫植物の採集に熱中したり、また気が向けば超現実派擬きの絵に凝つてみたりでよそ目には皆目得体の知れぬ人物である。定収もあるのやらないのやら、無類の懶《ものぐさ》でこの齢までつひに家を成さず、ずるずるべつたりに飾磨家の食客扱ひになつて年を経た。須弥にしてみれば夫が厭な顔もせず離室《はなれ》一棟を当てがひ、いい年をして小遣をせびるのも見て見ぬふり、血を分けた弟同様に目をかけてくれるのが却つて侘しい思ひである。

いつものことだが空晶は皿小鉢の間に分厚い本を二、三冊割込ませ、箸で頁を繰りながら独言を言つてゐる。時にはそれが鼻唄に変ることもあり、ふと気がつくと後の用箪笥に靠《もた》れて鼾をかいてゐることも珍しくない。いつから髪を刈らぬのか頭は百日鬘、顔は叢同様の髭鬚髯、娘の沙果子《さくわこ》など怪獣と称して寄りつかうとせぬ。よく見れば姉に肖《に》てくつきりとした目鼻立ち、此の家に来た頃は映画狂の牛乳配達がセルゲイ・ボンダルチュックそつくりと嘆声を洩らしたものだ。

「何か果物は無かつたか知ら。私帰りに梨でも買つて来ればよかつた」

沙果子が冷蔵庫を開けて手探りしてゐると、楊子を使ひながら天道が呟いた。

「焼肉の後だからグレープ・フルーツがいいや」

須弥は脂汚れのひどい食器を流し元に運び、沙果子の隣から冷蔵庫を覗いて言つた。

「およしなさいよ。あんな馬鹿高いもの。沙果子、その奥の方にパインナップルの缶詰があつたはずよ。さう、レタスの包の向う側」

沙果子が摑み出したのはオレンジ・ジャムの罎詰、天道が諦めて座を立たうとした時、突然空晶が太い声で、

「果物ならあるぞ。おい、おしやかさん、おれの部屋の上り框の辺に紙包が転つてるか

ら取つて来いよ」

　と命令口調で言ふ。沙果子は露骨に眉を顰めて忌忌しげに叔父の方を振返つたが、どうせ逆らつてみても無駄と悟つたか、肩をそびやかせるやうにしてサンダルを突つかけ離室の方へ消えた。

「空晶、あんな呼び方やめてやつて頂戴、沙果子いつも怒つてるのよ。あんたも名《ゴッド・》附親《ファーザー》ならもう一寸聞えのいい綽名《あだな》に変へてほしいわ。おしやかつて不合格品のことなんでせう。二十三の娘にひどすぎやしない？」

　沙果とはもともと林檎の謂、当時まだ十代の空晶が、若い父親天道の乞ひによつて命名したのだが、長ずるに及んでこれも須弥の大まかな眉目を写しとつた少女の面輪が、飛鳥時代の釈迦像を髣髴させ、空晶の口癖になつてしまつた。須弥もそれを知らぬではない。

「さう言へば義兄《にい》さんは東寺の帝釈天に似てゐるし、姉貴は浄瑠璃寺の吉祥天に生写し、正午君は新薬師寺の薬師如来つてとこかな」

　正午はこの家の長男で二十五、去年からさる建築事務所に通つてゐるが妙に空晶とうまがあひ、暇があれば離室に入浸つて薫陶を受けてゐる様子、この頃は挙止まで空晶に似て来たと沙果子は口を尖らせてゐる。

「あんたは仁王様? ぢやないわね。あれは頭を綺麗に剃上げてゐたはずだから」

つりこまれて須弥が混ぜつかへすと、空晶はにはかに目をきらきらさせ、

「阿形《あぎやう》の金剛力士もいいが、おれは伐折羅《ばさら》大将とでも言つてほしいな。髪が石筍《せきじゅん》みたいに逆立つてゐて、くわつと大口を開いて」

と身振をまじへて乗出した。

「空《くう》さんはたしか戌《いぬ》だつたな。三碧の木星、伐折羅は全身が青、ははあ、それで昔絵を出品する時『青狗』なんて名を使つてたのか。やつと気がついたよ」

天道がおつとりと独合点して話の腰を折つたところへ紙包を抱へて沙果子が帰つて来た。華やかな顔がかすかに蒼褪めて見えるのは瞼黛《アイシャドウ》のせゐばかりではないらしい。茶の間へ上ると包を開けもせず肩で息をしてゐる。

「どうしたの、変な顔をして。お肉を食べ過ぎて胃の調子がをかしいんぢやない?」

包のテープをほどきながら顔をさし覗く母には答へず、沙果子は空晶の方をきつと睨みつけるやうにして言つた。

「叔父様、離室に誰かいらつしやるの? 煽風機がつけつ放しだつたから止めに上つたら、次の間の寝台に人が寝てゐるやうな気配がしたの。いいえ、確めたわけぢやありませんけど。私恐くつて」

空晶は一瞬と胸を突かれたやうに真顔になつたが、すぐに空とぼけて嘯いた。

「学生が留守にやつて来て待つてるんだらう。それとも玄宗が長安から沙果楊貴妃に逢ひに来たのかも知れないぞ。なあ姉さん、それが茘枝《れいし》さ」

包から転り出した果実を手籠に移しながら、その一つを掌に載せて天道に差出し、須弥は肯いた。

「まあ、これがねえ。昔から話には聞いてたけど初物だわ。どこを食べるのか知ら」

黒紫色、ゴルフ・ボール大の無愛想な果実を取ると空晶は先づ器用に皮を剝いて見せる。麝香葡萄《マスカット》さながらの乳白の果肉から露がしたたる。それを手づから天道の口もとへ差寄せた。

「どうだい、義兄さん。冷凍だから香は抜けてるけど一寸乙なもんだらう。何しろ長安から福建まで早馬を往復させて取寄せたつて言ふ曰くつきの果物なんだ。おい、楊貴妃になつたつもりで早く食へよ、沙果ちやん」

沙果子はまだ機嫌が直らぬのか横坐りのままで叔父を斜目に見返した。

「釈迦になつたり楊貴妃にされたり、私俳優ぢやありません。それに憚りながら茘枝くらゐ知つてます。二、三年前台湾から帰つた友人に戴いたもの。大しておいしいとも思はなかつたわ。種ばかり大きくつて。たしか最近は鹿児島でも採れるつて聞きました」

皮を剝いては貪り食ふ三人を浅間しげに横目で見ながら沙果子は気もそぞろであつた。離室の寝台にゐたのは最上立春《もがみりつしゆん》ではなかつたか。先《さつき》も言つたやうに確めたわけではない。第一滅多に行かぬ離室の、しかも硫黄に丁子を混ぜたやうな異臭の漂ふ寝室など、沙果子は覗くのも身の毛がよだつ。ただ無人の部屋に生温い風を送る煽風機を止めようとして、抱へてゐた茘枝の紙包を下においた時、半開きになつた寝室の扉の彼方、中央に据ゑた寝台が朧に見え、その枕上がかすかに動いたやうに思ふ。それだけではない。傍の椅子の背にかかつてゐたネクタイがするりと床に落ちるのを見た。ぞつとして後も見ずに遁げて来たのだが、今になつてくつきりと瞼に蘇るその図柄は白地に臙脂の亀甲紋散らし、天井の消し忘れた灯の薄明りでもあの文目《あやめ》は紛れなかつた。今年の立春誕生日の贈物にしたネクタイを、最上はよほど気に入つたか夏冬無しに締めてゐた。留柄ではないから他にも買つた人はゐよう。だが煽風機を止めた瞬間向うから流れて来た異臭の中に、あるかなしの薄荷の香が混つてはゐなかつたか。最上が常時嚙んでゐるリグレイのそれも糖分抜きのガム、背伸びして彼に唇を差寄せる時零《ふ》りそそぐ爽やかな香を沙果子は忘れない。身体が火照つてくる。

最上は兄の正午の友人で薬種問屋の二男坊、高校時代は二人とも柔道に身を入れて学業はそつち退け、試験間際になると最上が俄か勉強に泊り込みにやつて来たものだ。数学だけは教師も舌を捲く中学生の沙果子に、四色問題のおさらへを乞ふたり、最大極限値の説明を十数度繰返してもらつて夜が明けたり、行末は数学教師にでもと自他共に思ひ思はれながら、沙果子は短大を出るなりひらりと宝石デザイナーに転身し、最上は曲りなりにも薬学を専攻して兄の経営する家業の、当節花形の生薬輸入部門を率ゐるやうになつた。事のおこりは去年の夏沙果子が西蔵《チベット》産の輸入翡翠のことでさる銀行の外国為替係に出向いて、これも江蘇省産の蒼朮《さうじゅつ》、四川省産の川芎《せんきう》の輸入手続に来た最上とばつたり顔を合せた時からである。為替相場の浮動のキャッチから人民元の弗換算まで、最上は人に任せてゐることとて甚だ頼りないし、もともと数学音痴の上に各国貨幣価値のレートは千差万別だから頭に霞がかかり、毎日見てゐる癖に外貨の単位を一桁間違へたりして、最上は苦笑する銀行員の前で冷汗をかく始末だが、そこへゆくと沙果子は玄人はだし、換算も千円単位下一桁まで算盤もなしですらすらメモする冴えやうであつた。

「変らねえなあ、沙果子さん。ぼくはこの為替相場つてのは流水算より苦手だが、あんたは遊び半分みたい顔で裏目まで読むんだから。担当の諫早君唖然としてたぜ」

　本心は最上の方がそれも六、七年見ぬ間に変身を遂げた沙果子の美しさに息を呑んでゐたのだらう。変らないといふ歎声はこの稚気の失せぬ男の照れ隠し、釈迦と異名をとつた眉目は化粧が映えて伊太利製、対の藤色のブラウス、パンタロン姿は、どこのファッション・モデルかと人が振返るほど水際立つてゐた。

かたみに全く消息を知らなかつたわけではない。正午は大学時代も柔道の試合で最上とは顔を合し、遊学中は帰省しようともせぬ彼を訪ねて夏になれば北国旅行もしてゐた。その後も最上の店の改築の設計を引受け、三階のテラスの人工庭園に薬草を植ゑて客に見せるといふ抜群のレイ・アウトまでやつてのけた。兄の口から問はず語りに最上の近況は伝はつてゐたし、最上とて沙果子の動静は正午の無駄話の端端からそれとなく察してゐたらう。沙果子の目には最上も亦昔と変らなかつた。兄とは対照的に鋼のやうに厳しい頬の線や鋭い目つきにはやや翳が生れ、敏捷な身のこなしも外人風なジェスチュアも畳み込むやうな話術も磨きはかかりながらまだ十代の面影を止めてゐる。銀行の帰りに最寄の茶寮で鯛茶漬の昼食を共にし、週末には折から来日中の印度大魔術団を観に行き、以来月に二、三度の逢瀬を重ねて来たが、正午には話さずとも知れようと正面切つて告げたこともなく、正午は正午で知らぬふりをしてゐるのか、話題が最上の上に及んでも淡淡として急所には触れない。まして父にも母にも、当然のことに叔父にも彼との交際を披露してゐない。広州交易会のメンバーに加はつて広東へ発つたのが十日前、帰朝は彼岸を過ぎる予定だから今頃日本にゐるはずはなく、まして顔は見知つてゐても無縁に等しい叔父のところへ現れることなど考へられぬ。

精神病理学者の父に話したら、逢ひたいといふ慾求の生んだ幻覚、鎮静剤でも嚥んで早く寝ろと一笑に附するだらう。グレゴリー・ジルボーグの徒である父は、恐らくさうは言ひつつ傍に傅《かしづ》いて、娘の眠りに就くのを見守つてくれよう。現代社会では心を病んでゐない者こそ異常者なのだ。一番危険なのは健康といふ名の宿痾に侵されることだと学生にさへ説く父を、そしてその父の端麗な風貌を沙果子は誰よりも愛してゐた。それでゐてこの妙な胸騒ぎのゆゑよしを率直に話すのは躊躇する。

一つ残つた茘枝を剝いてその透明な果肉に歯をあてた。冷凍のなごりを芯に匿した無気味な舌触りに沙果子は刹那嘔吐を催す。

「忘れてゐたが今日は新暦の重陽だつたね、須弥。電話の横の甕に尾花と菊が活け変へてあつたので思ひ出したよ。風雅な趣向だ」

お絞りで手を拭つて立上つた天道は、例によつてうつらうつらしはじめた空晶を横目に、しづかに書斎へ引上げる。

「あら、私も忘れてゐた。この頃の花屋は年中菊ばかり売つてるんですよ。買被つていただいたお礼に旧の重陽には黄白の厚物咲でも挿しませうか。と言つて旧はいつになるんだつたか知ら」

眠つてゐるはずの空晶がやをら座を立つた。

「十月の四日さ。次の日が達磨忌、四、五日すると寒露。おれには菊酒でも飲ましてくれるかい。ああ義兄さん、一寸離室まで附合つてくれませんか。観仏三昧海経の第七巻を手に入れたんでね、そこに出てくる屍愛《ネクロフイリア》について御高見を伺ひたいんだ」

天道は否応なく踵を返し、二人はサンダルを突つかけると勝手口の方へ消えた。その後姿を見澄まして沙果子は食器洗ひも手伝はず身を翻し、二階の居間に駈上つた。灯をつけずに瞰下すと栂《とが》の植込を擦り抜けて離室へ二人が肩を並べて行く。

「寝室で赤穴宗右衛門でも待つてるんぢやないのか、空さん。血塗れの菊の花でも提げて」

天道の含み笑ひにかぶさつて空晶のわざとらしい怒声がひびく。

「御冗談でせう、義兄さんぢやあるまいし。精精左門紛ひのが金の無心に来てるつてとこでせう。ねえ、さうだつたら飾磨先生に頼めつて言ひますからね。他のも肩代りを願はうかな。フロイトの夢占が三版とかで大分入つたはずだ。おれにも廻してくれませんか、少少」

天道の応酬は樹陰に消えて聞きとれなかつた。ここから離室の屋根と庇はわづかに見えるが他は母屋と植込みに遮られてゐる。先代の隠居所を改造したもので今様に呼べば二DK、独暮しには恰好の住家だし裏門から自由に出入も出来るので却つて不用心な嫌ひもある。いくら見張つてゐたとて、万一沙果子の妄想が的中したとて、確認は摑めまい。思ひ切つて窓を閉ぢようとすると下から呼ぶ声、

「おい、沙果子二階にゐるんだらう、何してるんだ灯もつけずに」

十三夜月に半身を照らされてすつくと正午が立つてゐる。答は待たずに玄関に廻つた様子で須弥と暫時やりとりが聞え、やがて階段を駈上る荒らかな音がする。

自室にシースと上着を放り込むと正午は息を弾ませてぬつと入つて来た。

「何だかお冠らしいね。母さん心配してたぜ。野郎にやわからない病気かな。早く寝ろ寝ろ」

正午とはよく命名したもので常時真昼間のやうな快男児、設計などより現場で人夫を追ひ廻してゐる方が似合ひさうだ。事実建築士は建造物についてのトータル・ヴィジョンをなどと称して、鉄骨の上へ登ることもハンマー振上げることも辞せず、一方壁紙の意匠にも一家言を吐く。武骨な面構へだが時たま祝儀不祝儀に渋渋ながら磨き上げて礼装すると、はつとするほど鮮かな男振、日常はわざと汚れ役に扮してゐるのかと沙果子は苦笑することもある。

「厭ねえ兄さんは。野蛮なことばかり言ふから恋人も出来ないのよ。下で茘枝の話聞いた？　重陽か何か知らないけど気味の悪いことがあつてね、私頭痛がするの。明日ゆつ

くり聞いてもらふわ。日曜日でせう。おやすみなさい」

　出て行けがしの妹の言葉を厚い胸で受けとめ、肩を叩いて引返さうとした正午はふと思ひ出して立止つた。

「お前最上が中国へ行つたのは知つてるよな。見送つてやつたのかい？　今日あいつの兄貴から電話があつたんだが、奴さん行つたつきり何も連絡がないんださうな。何かお心あたりはなんて聞かれたつて、彼ヴィザを申請する前に事務所へ来て五、六分喋つただけだらう。持病の喘息がまたぶり返した様子で顔色も悪かつたがなあ。発つまでにもう一度顔を見せるかと心待ちにしてたんだ。おい、変な顔するなつてば。ぼくは賛成なんだぞ。帰つて来たら結婚しろよ。それにしてもをかしいな。お前はどうなんだ？」

　沙果子は急にひどい悪寒に襲はれてへたへたとその場に坐り込んだ。目の前に淡墨色の霞が立ち、背筋を冷い汗が流れる。ぎよつとした正午はいきなり妹を両腕に抱き上げしづかに寝台へ運んだ。母を呼びに下りようとする正午の背にかすれた沙果子の声が追ひすがる。

「兄さん、誰も呼ばないで。最上さんはうちの離室にゐるんだわ。茘枝をお土産に香港廻りで帰つて来たのよ、きつと。私は逢つてゐない。誰かに殺された。空晶叔父様が知つていらつしやる」

一瞬棒立ちになつた正午が踵を返して覗き込むと、沙果子は額に脂汗を滲ませて眠りはじめてゐた。正午は机の上の、三錠分ばかり減つたトランキライザーの空壜を目で確めると、灯を消して部屋から出た。足音をしのばせて階段を下り、母には声をかけずに離室へ向ふと、甃《いしだたみ》の途中で父と危く鉢合せしさうになり、咄嗟に、

「今晩は、何だ父さんか。叔父さんは？　誰かお客が来てゐるんだらう。ぼく一寸覗いてくるぜ」

と畳みかけた。天道はいつにない空虚な目を宙に游がせ、やつと気づいた体《てい》で懶気《ものうげ》に答へた。

「誰も来てゐない。叔父貴は白河夜船だ。行くなよ」

垂れ下つた栂の針葉の一枝に遮られながら天道の眼が正午を視つめる。行くな。行かない方がいい。行つてくれるな。父の無言の語りかけが正午の心にひびく。振返つて離室の方を覗ふと途端に白白と明るんでゐた曇硝子が暗くなつた。灯を消す人影が一瞬墨絵で浮び、それは明らかに裸形でしかも空晶とは思へぬ姿であつた。天道も横目でそれを見た。正午は父の眼を奇妙な羞恥の翳の横切るのを感じ、先に立つて母屋へ歩を返した。

「沙果子は御機嫌斜ですよ。ぼくに当りちらして寝ました。きつとまた叔父貴にからか

はれたんでせう。ああいふ豪傑タイプは当節の女の子にはとんと受けませんね。離室を化物屋敷か何かみたいに妄想して、飛んでもないこと言ひ出すんだから手に負へないや」

正午は最上立春のことにはあへて触れなかつた。

「無人のはずの離室の寝台に誰かゐたつて言ふんだらう。あれから一緒に行つて調べたが藻抜の殼さ。ただ確かに誰か忍び込んで寝て行つた形跡はあると空さんは言つてたね。裏木戸に施錠でもしなくつちや無用心で困る。先生盗られる金など無いし、貴重な文献類なら掠奪するくらゐの気概のある奴大歓迎なんて暢気なことを言つてるけど、甃伝ひに母屋の方まで狙はれちやことだ」

わざとらしい淡淡たる口調だつた。では今しがた灯を消した長身の影絵の主は誰なのか。斜上から零る灯光が猛牛のやうな空晶の巨軀を変身させて見せたのか。正午は謎解きが面倒になつて足早に玄関に廻つた。天道が後れて廊下伝ひに書斎へ引取らうとすると、茶の間から須弥が声をかける。

「あなた、お茶が入つてゐますわ。正午もいらつしやい。ほんの今お向ひの貴船さんから珍しいお菓子を戴いたの。真菅屋の『十三夜』よ。さすがねえ、お嬢さんが月の出を見計つて届けにいらつしやつたの。正午、会はなかつた?」

正午は甘いものに興味がない。貴船未雉子《みちこ》のたよたよとした風情にもつひぞ心が動いたことはない。外で鉢合せでもしたら例によつて絡みつくやうな口調の時候の挨拶から始まりどこかの茶会の模様の報告まで、切目のない話に立往生したことだらう。母には生返事をしてそのまま二階へ上り、妹の様子を外から覗つた。灯は消えたまま、熟睡してゐると覚しい。扉の上の小さな飾灯に夭《をさな》い蟷螂が淡緑の鎌を振つてゐた。

日曜日の飾磨家は午前中死に絶えたやうに鎮まり返つてゐる。特別の用事で他出する家族がゐないかぎり、須弥も朝寝をほしいままにすればよいものを、二十六年昔嫁いで来た頃の、舅姑を慮つての日常が身に沁みついて七時を過ぎると横になつてゐられない。朝食に貝割菜の浸しでも作らうと厨に入り桶に水を満たして窓を開ける。皆の揃ふのはどうせ十二時過、急くことはないと思ひ直し、先に外廻りの掃除にかからうと庭に出た。厨の窓から見て気にかかつた植込みの白萩の乱れを束ね、栂の古葉を掃きよせながら甃伝ひに奥へ進むと、不意に芳しい珈琲の香が漂つて来た。珍しいことに空晶がもう起きて朝食でも摂つてゐるらしい。箒を抱へて離室に近づくと南側の硝子戸が開いてパジャマ姿の鬚面が覗く。

「いよう姉さん、十日の菊でも剪りに来たのかい。裏にあるのは咲き残りの除虫菊だが、沙果ちやんの虫封じにも効くと思ふぜ。それより珈琲を一杯如何、今朝はカフェ・ロワイヤルだ。宿酔には恰好な飲物さ」

始終むつつりして笑顔も惜しむ空晶にしては随分の上機嫌、つられて須弥もキチンへ廻つた。三度の食事も母家へ来てすればよいと言はれながら、気儘な鰥夫《やもめ》暮しが結構と称して夕食以外は一切自分で賄ふことにしてゐるし、須弥も悪勧めは避けてゐる。杯盤狼藉、爼は黴の花、刃物は錆び放題になるところを、それだけは三日に一度須弥が世話を焼きに出向いて整へてやる。但し書斎と寝室は一切不可触、見かねて掃除にでも入らうものならたちまち逆鱗、顔色を変へて怒るので、洗濯物以外は手を触れぬ習慣、当然のことに二室は埃うづ高く足の踏場もない。月一回渋渋大掃除してゐる様子だから須弥も目を瞑つてゐる。ドゥミタスのカップに満たした濃い珈琲の液面にブランデーをしづかに注ぎ、空晶が燐寸を擦る。

「あんた、今朝はいやに早起ね。夜昼逆様の日の方が多いくせにどうしたの。何だか晴晴した顔つきで、無いことに珈琲を御馳走してくれるなんて薄気味の悪いこと。さうさう昨夜もう一寸うちにいたら真菅屋の『十三夜』でお茶を入れてあげたのに。貴船さんのお嬢さんが持つて来て下さつてねえ。空晶どう思ふあの方、私正午とは似合の一対とかねがね目星をつけてゐるんだけど。ああさうだ、それから主人が裏木戸に錠をつくらないと無用心だから今月植木の葉刈をする時、幹八《かんぱち》の親仁さんについでに頼めつて言つてたわ。幹八は今度表通りにも店を出すんだつて。何でも三階建にして二階が活花教室、三階が茶の湯指南、お茶は貴船の未雉子さんが出張なさるつて話、あんた知つてる？」

ブランデーが青い焰を立てて燃えてゐる。瑞典《スウエーデン》製のライ麦煎餅を木皿にあけながら空晶は苦笑まじりに、

「知るわけがないだらう。未雉子つてあのマシマロウみたいな娘か。二、三度見たことがあるが、あれは正午君の好みぢやないね。姉さんは善人だが晴盲《あきめくら》だな。おれの睨んだところでは彼女内心女夜叉のたぐひだぞ。魚尾《ぎよび》に黒子《ほくろ》があるつてのも面白くない。沙果ちやんとおつつかつつの年頃だと思ふがあのねばねばした世故に長けた物の言ひ方は傍で聞いてゐても背筋が痒くならあ。第一十三夜に『十三夜』も即き過ぎて趣向の押売りさ。あそこの月夜菓子も『三日月』から始まつて『十六夜《いざよひ》』まで五種、『無月』に『雨月』に『満月』、どれもこれも当然似たり寄つたり風流過ぎて商魂が見え透くぢやないか」

と情容赦もない。

「あんたにかかつちや紹鷗《ぜうおう》十何代目かの名門の息女も形無しね。何しろ女は人間の他つていふんだから、私どもなど虫けら同然、大きに悪うござんした。でも一寸気にかかる

こともあるにはあるの。黒子も黒子だけど人の噂ではお父様が麻薬中毒で廃人になりかかつてゐるつて聞いたわ。さういへばお向ひだといふのにこの二、三年お目にかかつたこともないし、未雉子さんに聞くと心臓が悪くつて臥つてゐるとか半身不随だとか口籠つて露骨に厭な顔なさるから」

須弥は言葉尻を濁して立上つた。空晶も珈琲を啜り終るとこれに倣ひながら、ふと思ひ出したやうに呟いた。

「貴船七曜か。たしか義兄さんの友人の端つくれだらう。昔はどこかの大学で江戸文学だか音楽だかの講師をやつてゐたはずだ。癲癇だと聞いたこともあるな。何にせよ花嫁候補なんて論外だぜ姉さん」

須弥はそれを聞流してキチンを出た。見るともなしに透けて見える書斎は濛濛と薄暗く乱雑を極めてゐるらしい。その入口の脇卓に目をやると彼女は弟を顧みた。

「あら綺麗だ。中国のお土産でせう、これ。あんたが貰ふには可愛らしすぎて滑稽ね」

空色の繻子の上履、金銀をまじへた彩糸の刺繍で火雲《くわうん》を描き思はず手に取つて見たいやうな美しさである。刹那愕然とした様子の空晶は、伸した須弥の手を横様に払つて上履を向うに押し遣つた。

「おれの恋人への贈物さ。驚いたかい。こんなものその辺にいくらでも売つてるさ。さ、出掛けるとしようか。今夜は帰りませんからね」

　須弥は鼻白んで下へ降り立つと、含み笑ひをしながら言ひ返した。

「大層な剣幕だこと。早起きするかと思へば恋人のところへお出ましとか。颱風でも来るんぢやないか知ら。怖い怖い。私も早く退散しませう。とんだ御馳走様」

　毒の無い捨科白を残して須弥が姿を消すと、空晶はやをらパジャマを身体から捲り取るやうにして着替へを始める。群青盲縞の綿のシャツの袷釦を外してややくたびれた白麻の夏服に手を通す。不精たらしく装つてはゐるが、よく見れば神経のゆきとどいた生地に仕立、胸のポケットに覗いてゐるサン・グラスも鼈甲であらう。件の刺繍上履を寝室に投げ込みながら空晶は中の暗がりに声をかけた。

「表は鍵を締めておくからな。おとなしく引籠つてろよ。姉貴にはああ言つたが十二時前には帰つてくる」

　朝昼兼帯の食卓はなかなか片附かない。最初に沙果子が下りて来て浮かぬ顔でトーストをかじり、須弥が特別に作つてやつた木耳《きくらげ》入りのポタージュを二口、三口啜ると頭痛がすると言つてそそくさと座を立つてしまつた。正午と天道が十一時過ぎに前後して箸をとり、小食な父に代つて猛烈な健啖振りを示す正午を、腹も身のうちなどと須弥が窘《たしな》めながら結局はポタージュも底を浚へた。久々の閑暇を得て今日は一日レコード・コレクションの曝涼でもしようかと欠伸をする天道に、ではお附合しながら今度引受けたサナトリウムの設計について何かサゼッションでも戴かうかと正午が水を向け、食後の梨を皿のまま持つて二人が立上ると、須弥はやつと終つた食卓に頬杖をついた。暫くするとフランクの「交響変奏曲」が書斎の方から流れて来た。フォーレの「レクイエム」がこれに続くだらう。近代音楽総浚した頃には日が昏れ、曝涼はおろかキャビネットを掻乱して収拾のつかぬ始末になることは、永年の経験でわかり切つてゐる。一時間くらゐ経つたら紅茶でも入れてやらうと須弥は居間に入つて午睡をとることにした。

天道の書斎へは正午も滅多に出入しない。クラフト・エビング、ヴァイニンガー、ハヴロック・エリス、メービウス、フロイトが暗い目つきで肩を並べ、カール・ユンク、フェレンチ、ジンメルがこれに続き、アドルフ・マイヤーやジェリッフが入口近くに見える硝子戸入りの書架は、何となく門外漢の入室を拒んでゐるやうな趣があり第一居心地が悪い。約八畳分の書斎は扉の部分を残して四方が蔵書で埋められ中央のデスクのあたりは昼も昏い。次の間の六畳が天道の休息の場で午睡の時にはベッドにも早変りするソファを置き、美術書、詩歌書専門のやや豪華な書架に連なつて時代もののステレオも据ゑてある。坤《ひつじさる》の窓から気紛れな日光が射しこみ、縹《はなだ》色の秋空と咲き残りの百日紅がちらちらと窓掛越しに見える。この部屋へは正午も時折レコードを聴きに出没し、父と雑談を交すこともあるが、須弥や沙果子はやはり煙たがつて敬遠してゐるらしい。来客のほとんどは玄関脇の客間で捌き、ここへ招じ入れられるのは十人未満の昵懇な仲間に限られてゐる。正午にとつてはこの上なく甘い親仁であり対外的にも温雅で通つてゐる天道の、底に匿れた冷酷無慙な一面を知るのは須弥一人であらう。

書架の一隅に近年空晶の影響によるのか仏教関係の書物が並び、脇机には今日も蔵ひ忘れた古美術本が展げられたままになつてゐる。正午はそれを目の端に捉へながらレコード・キャビネットの端から順にジャケットを引出し、クリーナーで中身を拭き始めた。ざつと三百枚余りのコレクションがここ一年の間に位置を乱し、新しいものは牀に積んである状態だから、清拭、整理するだけでも三、四時間はかからう。

「そこはフランクだらう。一寸かけてみろよ。久しぶりに『天使の糧』が聴きたいから」

天道の言葉がなくとも正午は聴くつもりではあつた。一枚かければとめどがないこともわかつてゐながら、父の懶気な誘ひに従つてしまふ。やがてアイザック・スターンの鋭いヴァイオリン・ソロが流れ出す。

天道はソファに脚を投げ出して極彩の仏像の頁を繰つてゐたが、ふと目を上げて正午の横顔を視つめながら呟いた。

「なるほど肖てるな。もう少し肥ると生写しかも知れん。正午お前今何瓩だ」

「交響変奏曲」の黴を丹念に拭き取った正午は怪訝さうに父を見上げる。

「七十瓩、これ以上肥つちや労働できなくなる。ところで何が何に肖てるんです。独笑ひして気味が悪いや」

無言で差出す本の左頁を見ると金の光背の前に白緑に黴びたやうな大きな眼の仏像、下に「新薬師寺本堂、木造薬師如来坐像、像 190.3cm」とある。

「叔父さんがお前に肖てゐると昨夜も言つてたのさ。いいぢやないか。前後の頁に百体余りの薬師如来が勢揃ひしてるけど、それは抜群の美男だから」

さう言へば切長の眦《まなじり》と捲れ上つた唇のあたりは肖てゐなくもない。沙果子同様、中学生の頃「大仏」などと綽名を貰つた記憶もある。やや縮れ毛の正午は螺髪の方を諷されたのかと僻んだものだ。

「豪宕《がうたう》と言ふより艶麗がふさはしいかな。何しろ官能的《センシュアル》だらう。男の理想像を造つたんだからね。もつとも平安前期らしいが。左手に薬壺を持つてゐるのが普通なんだが何も見えないだらう。医者の息子が建築家になつたつてことさ。コンパスか曲尺でも添へたら似合ふかも知れん。光背の分身は皆伏目勝でね。これもお前が居睡りしてゐる姿にそつくりだ」

　滅多に聞かぬ父の哄笑に正午は却つて異和を覚えた。第一美男などと父に言はれるのも面妖なものである。自己恋着度のテストでも受けてゐるのかと正午は警戒しながら次の頁を開く。シュワルツコップの甲高いソプラノがややヴォリュームを絞つたステレオから響きわたる。

「周りを十二神将が囲んでゐるだらう。一番端が伐折羅大将、叔父さんはそれが好きらしいな。おれは伐折羅だと言つてたから。シェパードがサラーブレッドのアラビア馬を護るつてところか」

　父の独合点はいつものことだが自分に関りがあるらしいので、正午は反問した。

「犬とか馬とか一体何です。さつぱりわかりやしない。それはどうでもいいけどまだフランクかけますか？　フォーレに移りますか？」

　返事を待たずに「シチリア舞曲」を選んで「天使の糧」とかけ替へる正午に天道は答へた。

「フルニエのチェロとムーアのピアノか。懐しいな。いや平安以後には十二神将に干支《えと》を配してね、頭にそのシンボルを被せたらしいんだ。後の方の解説を見るといい。ただ、十二神将は垂迹だがその本地は何何でどの十二支に結びつくかつていふのは諸説紛紛、私もいまだにわからない。その伐折羅だつて本当は迷企羅《めぎら》だが新薬師寺の寺伝では伐折羅になつてるさうだ。十二体の制作時期がまちまちで、伐折羅は奈良時代、ずうつと向うの安底羅《あんちら》は鎌倉、ところがまたその伐折羅が右端十二番目とすると、干支のオーダーが狂つて来るし、一度空晶大人に特別講演でも仰ぐか」

十二神将解説の頁を正午は開いてみた。さう言へば新薬師寺へは二、三度修学旅行などで連れてゆかれた記憶もある。薄暗い本堂に林立する異形の像に一瞬息を呑み、僧侶の謳ひ文句を上の空に聞き流し、ろくに礼拝もせぬまま外に出てしまつたものだ。萩の花が咲きこぼれてゐた。沙果子が中学一年でその秋のはじめにピクニックで蝮に嚙まれて大騒ぎだつた。馬と言へば正午とはそれにかけての命名だつたのか。二十五年間知らなかつたのも迂闊なことだが、名づけた叔父の心も計りがたく、一度も由来を語らなかつた父の気も知れぬ。父と叔父の血の繫らぬ義兄弟関係も何時始まつたものか。十二神将のいかつい面構へと名称を目にたどりながら正午はふと昨夜来それつきりになつてゐる沙果子のことを考へてゐた。妹が目を据ゑて口走つた奇怪な言葉の端端が今また蘇つてくる。一見何事もないこの家族構成にいつからとはなくまつはりついて来た翳、それが何によるものか推理の苦手な正午にはわかりやうもない。ただ昨夜から何かが起りつつあることを、潜んでゐた予兆がにはかに象を現さうとしてゐることを、彼さへ膺に感じる。しかも皆知つて知らぬ顔をしてゐるのだ。一つの真実が明るみに出ればことごとく傷つくかも知れぬ。否曝露された刹那に一人一人が傷だらけの瀕死の状態であることを確認しあふことになるのではあるまいか。

毗《び》羯《が》羅《ら》大将　本地釈迦如来　子　通身青色
招《しゃ》杜《と》羅《ら》大将　本地金剛手菩薩　丑　通身赤色
真《しん》達《だ》羅《ら》大将　本地普賢菩薩　寅　通身青色
摩《ま》虎《こ》羅《ら》大将　本地薬師如来　卯　通身青色
波《は》夷《い》羅《ら》大将　本地文殊菩薩　辰　通身白色
因《いん》達《ど》羅《ら》大将　本地地蔵菩薩　巳　通身赤色
珊《さん》底《て》羅《ら》大将　本地虚空蔵菩薩　午　通身赤色
頞《あ》儞《に》羅《ら》大将　本地摩利支天　未　通身白色
安《あん》底《ち》羅《ら》大将　本地観世音菩薩　申　通身赤色
迷《め》企《ぎ》羅《ら》大将　本地阿弥陀如来　酉　通身赤色
伐《ば》折《さ》羅《ら》大将　本地大勢至菩薩　戌　通身青色
宮《ぐ》毘《び》羅《ら》大将　本地弥勒菩薩　亥　通身赤色

「そんなに気になるのなら父さん一度新薬師寺へ確めに行つたらどうだい。ここに十二神将の像や絵のある寺がずらりと書並べてあるぢやない？　順番に見て廻つたらどうです。新薬師寺と興福寺が奈良市内、あとが富雄の雲山寺に例の法隆寺でせう。一寸離れるけど室生寺に宇智の栄山寺、それから醍醐の法界寺に志楽の金剛寺が京都、滋賀に二つあつて苗村の竜王寺に高時村の薬師堂か。これは調べないと全然不案内だ。ぼくも建物の方がじつくり見学したいな。東大寺の天竺様《てんぢくやう》なんて知つたか振りしてゐるけど柱の本数さへ勘定したことがないんだから勉強し直さなくつちや。ル・コルビュジェの設計した建物なら図面を暗記してゐるくせに、俊乗坊重源《しゆんじやうばうちやうげん》の来歴は聞いたこともないつて連中ばかりなんだ、この頃は。ぼくも顧みて他を言へた義理ぢやありませんがね」

来年の春、それも節分から彼岸の間人出の多くない季節に一家で社寺巡礼を試みるのも悪くない。空晶を案内に立て講釈を任せよう。あちこちの僧房、塔頭《たつちゆう》には知己もゐる様子、宿泊も手配して貰つて一週間ばかり逍遥遊と洒落ようか。父子ともどもにソファに靠《もた》れて似たやうな幻想旅行を始めた。「シチリア舞曲」はいつの間にか終つてゐた。正午は無言で立上りレコードを替へる。針の軋る音がしばらく驟雨のやうに続き、軽やかなピアノの前奏が現れた。ニノン・ヴァランの燻し銀のソプラノが「月の光に」を歌ふ。空は茜を帯び午後の西風に百日紅が枝を打合ひ淡紅の火花を散らしてゐる。窓を細目に開けるとどこからか落葉を焚く臭が吹込んで来た。

お茶が入つたからといふ須弥の誘ひをしほに二人は立上つた。もう四時は夙うに廻つてゐる。沙果子は来ないのかと問ふとさつきお向ひから電話があつてお茶をよばれに行つたとか。常常さほど親しくしてゐるわけでもないが、未雉子は宝石の方の顧客を折折紹介したりしてゐるので沙果子も招かれれば断れぬ義理も絡んでゐるのだらう。一つ上だが万事に姉様気取でイニシャティヴを取る未雉子と、心《しん》はしつかり者の沙果子がさうしつくりゆくはずはない。「十三夜」の淡い甘味を舌の先にまろばせながら三人は無言で別別のことを考へてゐる。しかも思ひの落ちつくところは今朝出掛けた空晶と留守の離室のことなのだが、誰一人それには触れようとしない。沙果子が座に連つてゐたらたまりかねて口火を切つたらう。

「私五時前に鳴水《なるみ》町の歯医者へ行きたいの。予約してるから。留守に魚千《うをせん》が車海老を届けに来ると思ふからお金払つといて下さいね。それから沙果子が帰つて来たらお台所のテーブルのメモを見るやうに言つて頂戴。夕御飯の支度の手順が書いてあるつて。歯の方は一時間もかからないと思ひますけど、他に二、三寄りたいところもありますから」

冷えた玉露を啜つてテレヴィの狂言「釣狐」を見るともなしに見てゐる二人に、須弥はかう言ひさして身ごしらへを始める。離れ離れに部屋を占めて顔を合はさない日常の区切りに、茶の食事のと一間に集つて団欒のかたちはとつてみるものの、それも一人一人の心の檻をさし覗くだけに終る。玉露が舌の根に沁みて苦い。居間から出てきた須弥は仄かに紅をさし、印度更紗の七分袖に着かへてはつとするほど冴えた姿、天道は出かけた欠伸を噛み殺して後姿を見送る。正午はその虚を衝かれたやうな父の横顔にあはれを覚えてテレヴィを消した。罠から遁れて走る狐の声が一瞬後を曳いた。

貴船家の客間はこの秋日和にもひんやりと湿つてゐる。未雉子は茶室が不時の茶会の後始末もしてゐないからなどと言訳してわざと煎茶を出し、例によつて勿体らしく、

「政所《まんどころ》よ。真空パックにして貰つたから新茶の味は変つてゐないはず。お湯加減が心持熱かつたか知ら」

と沙果子の目を覗きこむ。政所でも土山でも宇治でも沙果子は構つたものではない。昨夜届けてくれたといふ「十三夜」も彼女にとつてはひねくれた菓子で、いつそ塩煎餅に焙じ茶の方がありがたい。舌は父譲りで人後に落ちず肥えてゐるが、容態《ようだい》振つた取りなしが癇に触るのだ。含み声で電話が架つて来た時から単なる茶の招きでないことはわかつてゐた。見て貰ひたい宝石があるとのことだつたがそれも口実だらう。未雉子が兄の正午を意中に秘めてゐることはここ数年の素振で察してゐる。肝腎の正午がてんで問題にしてゐないのを沙果子は内心小気味よく思つてゐるが、当の未雉子は武骨な男の含

羞くらゐに取り、何かと接近の手段を案出するのが煩しくて仕方がない。今日の誘ひもまたどこかの大茶会へ兄妹揃つて出てくれとの押付けがましい懇願であらうと沙果子はひそかに逃口上を探してゐた。浮かぬ顔の沙果子を流し目でしばし見据ゑて未雉子は座を立つた。件の宝石とやらを取りに行つたのだらう。前栽の手洗鉢の傍に秋海棠が揺れてゐる。微小な魚卵を思はせる蘂《しべ》に一粒の露が光り、見つめてゐるとまた一粒、二粒、硝子戸の傍へ躙《にじ》り寄つて透かすと時雨らしい。西空は鮭色に輝いてゐるから本降りになることもあるまいと座に直つた時やつと未雉子が入つて来た。三十分はかかつてゐる。奥女中擬きの摺り足で不断といふのに五枚小鉤《こはぜ》の足袋、わざわざ着替へてきたのが秋草模様の小紋といふのも厭味だ。

「これ磨いて細工して下さらない？　デザインは勿論お任せしますわ。一寸したものでせう？」

黒天鵞絨の裂に無雑作にくるんだ石は紛れもなく翡翠、それも鶏卵大のが三箇、磨かねばしかとはわからないがかなり良質と覚しい。

「指環とネックレス、あとは帯留にでも？」

と問ひかけると未雉子は手を横にひらひらと振りながら否む。

「あらいやだ。わたくし翡翠はもう三つも揃つてゐますわ。沙果子さん御存じのくせに。

これはカフス釦とタイタックにして戴きたいの。ところでどこから手に入れたとお思ひになる？　勿論中国からだけど、ある方のお土産よ。あなたもよく知つていらつしやるはずの男性。まあ言はぬが花としておきませうよ。いづれおわかりになるでせうから。それに出来上つたものをお贈りする先も多分沙果子さんお察し戴けるわね」

腋の下を帚草か何かで擽られてゐるやうな不快さに沙果子は身顫ひした。贈り先が兄の正午であることはほぼ間違ひ無しとしても、原石を届けたのは誰だらう。まさか最上立春ではと思ふと動悸が高くなる。紅潮した沙果子を嘲るやうに、

「まあ、お名前通り林檎のやうないいお顔の色だこと。ところで最上さんとはいつ式をお挙げになるの。まあ、知らないと思つていらしつた？　わたくしあちらのお嫂様とは大分以前から茶会でよく御一緒しますのよ。遅くお始めになつたから私を師匠同様に立てて下すつて。あなたのお噂もよくいたします。立春さんはすつかりお話になつてゐる様子よ。それにあの方は貴船の分家の出ですわ。申上げたことなかつたか知ら。そら五、六年前朝妻荘の蛍狩にお招きした時、余興に鷺娘を踊つた人。お思出しになつた？　あの頃はまだ室津あさぎよ。私の又従姉《またいとこ》、歌人で茶人で書もできるしそれに今ぢや薬剤師の免状まで取つて大した手腕だけど」

沙果子は背筋が寒くなつた。その蛍狩の夕方、朝妻荘の曲水伝ひに一人はぐれて逍遥

してゐると、美貌ながら目の底の冷い娘が向ふから近づき、出会頭に沙果子の肩のあたりを睨むと、

「あ、蟷螂!」

と叫んで、色を失ふ沙果子を尻目に、十糎ばかりの虫をつまみ上げ、地面に落すなり銀朱の草履でぎりぎりと踏み躙つた。その上まだ潰れた蟷螂の腹を傍の枯枝で突き廻した揚句、

「腸の中に針金みたいな線があるのよ。黒焼にしてのむと血の道に効くんですつてさ」

と見ず知らずの沙果子を三白眼で視つめて言つたものだ。目礼もそこそこその場は遁走したが、二時間後宴の舞台で踊るその娘を発見し、改めて嘔吐を催し洗面所へ急いだ記憶がある。あとでプログラムを見た名前が室津あさぎ、沙果子は六年振りにふたたび不快な胸騒ぎを覚えて八雲塗の卓に手をついた。蒼褪めた沙果子を横目に、その又従姉のあさぎと最上清明の華燭の砌《みぎり》の記念写真を見せようと未雉子は座を立つた。

「この次拝見するわ。私もう御暇しなくちや。母を待たせてますの。とりあへず翡翠はお預りします。明日お店の方で預り証は作らせてお届けしますから。私もまだ素人でよくわかりませんけど、これは多分ビルマのサラワイ産でせう。香港経由ぢやないか知ら」

沙果子は持ち重りのする原石を一つづつ手で改めながら包み直し、帰り支度をして座蒲団を横にずらせわざとらしく一礼した。設《かは》へた話の罠に陥つてずるずると虜になるだらうと踏んでゐたのに、案に相違して身を躱された呆気なさに未雉子は心中舌打ちをしてゐる趣であつた。玄関へ急ぐ沙果子の後から、

「デザインに注文つけても構ひません？　天馬《ペガサス》か人馬《サジタリウス》かを小さく浮彫《レリーフ》にしていただきたいの。私のネックレスは裏側に牧羊神《パン》が浮び上つてるんですけど、おわかりになる？干支にちなんで私の未《ひつじ》を象《かたど》つたの」

と未雉子の甘つたるい声が追討ちをかける。沙果子は振返つて軽く受けとめた。

「いつそ罔象女《ニンフ》にでもなさればよろしかつたのに。牧羊神ぢやいくら何でも」

未雉子の目がきらつと光る。

「さうでしたわねえ。いつそのこと私から立春氏に献上しようか知ら。あの方も未。私は十二月生れですの。お兄様はその前の年の十二月の午でいらつしやるでせう？　あなたは申でも言はざるの方、梔子《くちなし》の花でも髪にお挿しになるとよくうつりますことよ」

相手になつてゐるときりがない。沙果子は小走りに式台に下りてサンダルに足を伸した。未雉子は身を翻して先に玄関に下り立ち、格子戸を背にすると奇妙な笑みを浮べて止めを刺すやうに言つた。

「最上さん昨夜お泊りになつたんでせう？　水臭いわ、私力になつてあげようと思つてるのにひた匿しになさるなんて。お祭しの通り翡翠はあの方のお土産。私昨日の夕刻ある処でお逢ひしたの。事情があつて交易会のメンバーとは別行動なすつて先にお帰りになつたらしいわ。そのあとお約束がある様子で失礼したんですけどねえ。私場所を変へて他処ながら拝見してゐたら、あなたの叔父様と御一緒だつたわ。いいえ、濃いサングラスをかけていらつしやつたけど鬚ですぐわかつた。お宅の離室へ裏木戸からお入りになるのまで見たんですから。言つちやいけなかつたか知ら。私は人目を忍ぶ身の上を叔父様がかばつてあなたとお引合せになつたものとばかり……」

沙果子は耳を塞ぐやうにして外へ飛出した。では今離室にゐるのは疑ひもなく立春、今朝母が珈琲を振舞はれてゐた時、沙果子は離室の裏に立つてゐた。昨夜から二度足音を忍ばせて覗ひに行つたのだ。破廉恥な振舞に耳まで赤くなりながら腋は冷汗でびつしより濡れてゐた。けれども中の気配はつひに嗅ぎ取れなかつた。厚いサッシュ・ドアに遮られて空晶の癖の空咳さへ洩れず、手脚は藪蚊の生残りに刺されゐたたまらなくなつて引揚げた。だが今朝、母に続いて離室を出る時空晶が誰かに囁きかけてゐた言葉ははつきり覚えてゐる。

家へ駈け戻ると正午がのんびりした顔で出て来た。

「何してたんだ。早く飯の支度しろよ。もう七時前ぢやないか。母さんのメモが台所にあるぜ」

沙果子の血相変へた顔に気づき正午は一瞬棒立ちになつた。離室を開けてほしい。合鍵が用箪笥にあるはずだ。あそこに最上さんがゐる。早く早くと声を顫はせる沙果子の惑乱振りに正午も抗するすべがなく、鍵を探すと引摺られるやうにして離室へ急いだ。栂の葉が兄妹の額を刺し時雨に濡れた甃が不吉に光つた。心は咎めながら小火《ぼや》でもあつた時はかうする他はなからうと錠を外し、この期に及べば尻ごみする沙果子を待たせて正午は寝室の扉を開いた。人の気配はない。灯をつけてさらに確めると寝台はいつになくさつぱり整へられてゐた。恐る恐る覗く沙果子にも不在は明らかであり、澱んだ空気にはあの時の薄荷の香のなごりもなく、まして亀甲紋のネクタイなど見当らなかつた。ただ壁龕風《へきがんふう》の棚にミニアチュールめいた十二神将が一列に並んで寝台を見下してゐた。

「正午、電話ですよ。最上さんのお店の方から。どうしたの叔父さんはお出かけなのに。勝手に入つたりしちやあとで大騒動よ。私知らないから」

須弥の矢継早な言葉に、窓から煙が見えたやうに思つたので二人で調べに入つたが、裏の空地の焚火のせゐだつたらしいと言ひ繕つて、正午は母家へ走つた。受話器の底から清明のかすれた声が聞える。

立春が死んだ。否、クリスタル・ホテルの一室で屍体となつて発見された。検視の結果はヘロインによるショック死だといふが室内にあつた旅行鞄の中にも衣服のポケットにも阿片アルカロイド系の麻薬は片鱗もないので一応遺体は帰つた。種種相談したいこともあるので至急御足労願ふとのこと、正午は咄嗟に悔みの言葉も出ずしばし暗然と立ちつくした。振返ると沙果子の姿はあたりに見えなかつた。

神農町の最上家は不気味に鎮まり返つてゐる。車を飛ばせてやつて来た正午はとりあへず死者の枕頭に招ぜられた。事の次第は兄の清明にも一切五里霧中で、第一検視の警察医にヘロイン吸飲歴のあることを知らされてもわが耳を疑ふ始末、この不祥事件の謎をどう釈いたらよいのかと途方に暮れたおももちである。正午も迷宮の扉は垣間見た。だがいかなる糸をたどればその奥へ入りこめるかは全く自信がない。去来する疑念の断片を軽率に口にすれば恐らく周囲は蜂の巣を突いたやうな騒ぎになり、沙果子は惑乱の極に達しよう。彼は頭を深く垂れ改めて死顔と対面した。ほとんど法悦に近い安らかな死者の表情を見た。枕上に小さな仏像がある。目顔で質すと旅行鞄から出て来た由、断つて掌に戴せてみれば箭羽《やばね》を握つた白色の神将、逆立つ髪には羊冠を戴き、明らかに頞儞羅大将像、はたと思ひあたるのは先刻の空晶の寝室の壁龕、見定める暇はなかつたがあるひは一体を欠いてゐたかも知れぬ。

通夜の座に連なる前に一度帰宅せねばなるまい。その後叔父空晶と話合ふべきであらう。迷宮の中の人を装つた半人半牛神《ミノタウロス》、伐折羅に身をやつす招杜羅に立向ふ時が来た。清明に一揖《いちいふ》して立上る前に、まだ経帷子に着替へぬ死者の姿を見直した。捩れたネクタイは白地に臙脂の亀甲紋、出がけに沙果子がうつろな目を瞠《みひら》いて、見届けてくれと言つたのはこれであつたかと、正午は急に涙がこみあげて来た。雨催ひの風が表の店から鋭い薬草の匂を漂はす。障子の外に人の気配がして薬草の匂に微かな麝香が混つた。正午が振返るとにはかに昏くなつた枯山水擬きの庭を背に、貴船未雉子と清明の妻あさぎが肩を並べて立つてゐた。死者の瞼がぴくりとひきつれたやうな錯覚に正午は席を蹴つて室を出た。女二人の綺羅綺羅しい笑声が一瞬喪の家に谺して消えた。

第二部　雄黄《ゆうわう》篇

　まかり間違へば若後家が一人出来てゐたところをこれも不幸中のさいはひと、正午は変に世間ずれした心うごきにわれながら苦笑を洩らした。やや窮屈になつたモーニング・コートの腕に須弥が黒繻子の喪章を巻き、ピンで留めようとして手を滑らした。

「あつ、痛《いて》えつ。出かけるのは十一時過ぎてからなのに、慌てることたあないんだぜ。その前に一寸午飯代りに何か食はしてくれよ。早くから急きたてられて腹が減つた」

　正午の顰め面を横目に須弥は水晶の数珠、香奠の包みに不祝儀の袱紗と手順よくテーブルに並べながら、

「突かれて痛いと言つてるうちが花よ。それにしてもどうしてまたホテルで変死なんて厭あなことになつたんだらうね。御次男だしお独だつたからまあまあ罪は軽いやうなもののの。正午、あんたも気をつけてね。薬なんかまさか飲んでやしないでせうね」

　とこれは先夜来夫の天道にも何度か繰返した嘆きとも安らぎともつかぬ言葉だつた。

須弥はともかく天道も全く知らないのだらうか。正午は妹の沙果子が立春の急死を聞いた瞬間からほとんど鬱病同然、部屋に閉ぢ籠って食事も摂らない様子を父母は何と思つてゐるのかむしろ怪訝であつた。それでなくとも九日の夜から朝にかけての空晶に絡まる惑乱振り、貴船家へ呼ばれて帰つてからの動転した挙止口説《きよしくぜつ》、危ぶまぬ方がをかしからう。それが父母にひびかぬはずはない。本人には勿論正午にさへゆゑよしを聞かうとしないのは、答を知るのが怖ろしいからに決つてゐる。

「御香奠」と鮮やかな行書は父の手である。それも正午の名義で裏を返せば「金五千円也」。その金額は単に友人代表格相応の表示で、飾磨家からのものではないといふことを告げてゐるのだ。うちでなくてよかつた、「隣の貧乏鴨の味」とまでは思はぬにしても、娘と表だつた交際がなくて一安心で済むことかと、正午は先刻のみづからの軽率な慰藉をも含めてにはかに腹が立つた。

「薬は風邪薬や沃度丁幾《ヨードチンキ》さへ嫌ひなんだから大丈夫。阿片で紛らはさなくつちやならないほどの悩みにも縁がないし。ただね、このままだと沙果子が」

正午にみなまで言はせず須弥はきつと向直つた。

「沙果子は後二、三日眠れば癒ります。私は何も知らないしお父さんも御存じありません。その方が、たとへ何があつたにせよあの子のためにはいいんです。さうぢやない？

今傍《そば》でなまじ妙に深入りするとそれこそ収拾がつかなくなるもの。ね、正午お願ひ」終りはこころもちうるんだ語尾と眦、それもさうだらう。外傷《トラウマ》は下手に手当すれば化膿する。沙果子自身の治癒力に待つ他はあるまい。専門家の父と計つて自分が看護してやるべきだらうと正午はひとりうなづきながら、母が手早く整へたレバーペーストのサンドウィッチを頬ばつた。最上家側にしても同様沙果子については一切知らぬ振りである。生前立春の口からどの程度知らされてゐたかは正午も推量の域を出ぬ。ただたとへ立春が愛人の一人として口の端に上《のぼ》せてゐたにせよ、最上家にとつては単なる立春個人の問題で、事は家に及ぶものでもなく、及ばぬ方が無難、及ぼさぬが礼節と心得てのことであらう。それで済むことかと心中気色ばむのは正午一人、済まねばどうすると詰よられたら彼とて進退に窮しよう。

須弥は食器棚のタンブラーやグラスを殊更に丹念に磨き始めた。テレヴィは料理の時間で鍋には一つかみの慈姑《くわゐ》が煮られつつあり、脂ぎつた中年の調理士が仔細臭く味つけの秘訣を説いてゐる。「先生」、「先生」と甲高い声で質問を試みる小娘の顔が未雉子に生写し、正午は生温くなつた紅茶を啜り込んでぷいと立上つた。

「帰つたら一度ゆつくり飯でも食はうや。例の朝妻荘が近くのビルの地下に店を出してね。鱒料理がうまいらしい。あそこの主人が兄貴の友人で中国から冬虫夏草《とうちゆうかさう》輸入出来ないかなんてオファーがあつたつけ。さう言へば生薬と香辛料《スパイス》は親戚みたいなもんだからおれは将来そつちにも手をのばすつもりなんだ。薬なんて約《つづ》まりは病気の味つけ、屍体の防腐剤……」

立春が出発前に呟いてゐた。恐らく沙果子にも別のことを別の口調で語つてゐたことだらう。阿片の阿の字も口にせず、それがなければ済まぬ心の患ひにもつゆ触れることなく、水臭いにもほどがあると正午は今更のやうに喞《かこ》つてはみるものの、それが人間といふものであらう。父は講義に出かけたらしく靴も見えぬ。玄関に立つと既に正午の靴は礼装用のエナメルの一足が揃へられ、鈍色の折畳式の洋傘が出してある。はてと扉を明けて空を眺めると水銀色に曇つた空に散り残りの百日紅が揺れてゐた。

密葬は身内と葬式親類だけで手早く済ませ、翌日の友引を避けて九月十四日が告別式、先代から懇意であつた青蓮寺《しやうれんじ》の別院を借り、参列者三十人内外のささやかな儀式であつた。十日の夜の通夜に続いて翌翌日の密葬まで正午も一応は泊りこみくらゐの積りではゐたが、利者《きけもの》の兄の清明が葬儀屋の手配から埋葬許可の申請は申すに及ばず内輪の供養の配膳まで、古参の番頭それも取締役の肩書つきの老人を顎で使つてぴしぴしと取仕切るので、さて立入つて手伝ふこともなく、納棺を見届けて以後は次の連絡まで遠慮することにした。立春の死を伝へた時の電話の様子も、枕頭に馳せつけた時の応待振りも、辣腕家とはいへさすがに肉親、生前のただ一人の親友正午と悲しみを頒ちあひたい心根が滲んでゐた。横死の風評を慮りかつは恐れる心痛のためととるのは邪推であらう。ところが一夜明けると清明は昨夜の愁嘆狼狽は演技の一部ででもあつたかに豹変、店の方で不渡事故に遭つた時の善後処置さながら、ワイシャツの腕まくりで陣頭指揮に乗出した。形ばかりの湯灌は清明と番頭の弓削《ゆげ》の手で行はれた。弓削は先先代と郷里は同じ、美作《みまさか》は誕生寺《たんじやうじ》の生れ。何しろ法然ゆかりの地だからこの家の宗旨については浄土宗の坊主はだしで、冠婚葬祭の特に葬は場数を踏んでゐるだけに万事ぬかりはない。枕経に馳せ参じた役僧も鼻白むやうな節廻しで称名に和するのを聴きながら、正午は昨夜半一寸席を外して仮睡をとり、改めて座に直つてからの清明の態度をほろ苦く反芻してゐた。それまでは溜息まじりに昨今の立春の動静を云云し、暗に沙果子の上をも案じる気配りを見せてゐた彼が、急に他人行儀な、奥歯にものの挟まつたやうな口吻を示し、今朝になればにはかに、単に一友人に過ぎぬ貴方に内内のことまで心を煩はせて申訳ないと取つてつけたやうな切口上の挨拶。あとは血の繋つた者だけで運ぶから早早にお引取りを、とまでは言はぬにせよ、避けて通るやうな慇懃無礼な素振があらはで、正午としても居心地の悪いことであつた。赤裸にした屍体、死後硬直《リゴル・モルチス》の兆した四肢を無慈悲に横転、反転させ、酒精綿《アルコールめん》で要所要所を拭き清めるのも弓削の仕事、立て廻した逆さ屏風の前で正午は手持無沙汰に下向《げかう》の刻を胸算用してゐた。清明の肩越しに死者の腥い裸が目に入る。かつては練習、試合の前後に汗臭いロッカーの前で憚りもなくさらけ出した裸、その太腿の黒子にも乳暈《にゆううん》の上の瘢痕にも久久に見《まみ》え、これが見納めであつた。男二人が立春の屍体を折畳むやうにして棺に納めた。抱き上げられる刹那死者の弛んだ唇のあたりから苦い罌粟のにほひが漂ふ。正午は瞑目しつつ思はず顔を背けた。

「棺にはびつしり菊の花を詰めませうよ」

甲高い声であさぎが障子を開けて入つて来た。見れば後には未雉子が続き二人共共に夏菊の花束を抱へてゐる。

「昨夜幹八から売れ残りを一纏めにして届けてもらつたの。臙脂が少少混つてるけど仏様は未だ若いんだし構やしないでせう」

言ひもあへずあさぎは合掌も抜きで花束をわらわらとほぐし、無頓着に死者の上へばら撒きはじめる。弓削が苦笑ひしながら手際よく両脇へ挟み込むのを清明は無感動に眺めてゐた。未雉子は違ひ棚に近づいて一纏めにしてあつた立春の遺品にざつと目を通し、正午の方へちらりと一瞥をくれながら、

「ねえ、あさぎさん。仏様の心の残つたものはみんな棺にお入れになるんでせう。それ

とも形見分けに取つておくのか知ら。さしづめローレックスの腕時計は御親友の飾磨さん。とするとこの亀甲紋のネクタイは……。あら要らぬお節介よねえ。もつとも昔は一番愛してゐた人が殉死までしたんだから」

　と例によつてねつとりと絡むやうに話しかけた。あさぎに代つて清明が振向く。

「一切合財入れてやらうよ。入れたつて火葬場で隠亡《おんぼう》が綺麗に形見攫ひしてくれるだらうが、いいぢやないか。あいつの身につけてゐたものはもう見たくもない。第一形見分けにしろ埴輪にしろ関りあつた人が迷惑だらうからな。その人形もこちらへ」

　未神《ひつじがみ》の頞儞羅《あにら》大将は立春の肩のあたりに挿込まれた。臙脂亀甲紋のネクタイは結んで胸の上に、時計は菊に巻きつけて膝のあたりに置かれた。葬儀店の人夫が二人頃合を見計つたやうに入つて来ると棺に蓋、打込まれる五寸釘の足がぎらりと光り、正午はそれが立春の否沙果子の胸に突刺さるやうな錯覚に身の毛が立つ。その動揺を見定めたか未雉子がゆらゆらと近づいて囁いた。

「飾磨さん、昨夜からずうつとのお守でお疲れでございませう。もうお引取り遊ばせな。沙果子さんがうちへお越しになつたのが十日の午過ぎのこと。その時にも色色お話したんですけど、まさかこんなことにならうとは。さぞかしお心落しでせうねえ。昨夜こちらのお兄様にもあらましは申上げました。ええ、私がその前日立春さんにお目にかかつたことも、お宅の叔父様がそのあと御一緒だつたことも」

正午は愕然として一歩退き、未雉子の潤んだ目を見返した。

「一体何の話でせう。あなたが立春君と会つた？　空晶叔父が一緒？　ぼくにはさつぱりわからない」

絶句する正午を彼方からあさぎが見つめてゐた。未雉子は大仰に手を振りながら窘めるやうに応へる。

「まあ、大きな声をなすつて。ぢや沙果子さんから何もお聞きになつていらつしやらないのねえ。私どうしませう。余計なことを申上げたわ。でもいつかはわかることだし。お帰りになつたらお二人に詳しくお聞き遊ばせな。私もそれを承りたうございますわ。いいえ勿論誰にも洩らしはいたしません。私、失礼ながら飾磨さん御一家の味方のつもりでをりますのよ。もしお力になれることがございましたらいつでも参じますから」

彼は謳ひ文句めいた未雉子の口説も半ば聞いてゐなかつた。棺に近づき覗き窓から無言で最後の別れを告げると、一座の四名に会釈して席を外した。挨拶の言葉も失つたかに押黙る面面の冷やかな目が背を刺す。玄関まで足早に通り抜け靴を引つかけた時番頭の弓削が追ひ縋つて小腰をかがめた。

「皆様お心疲れの揚句でとんだ粗略なことを。いづれ告別式の手筈が調ひましたら改めてお電話を差上げます。その節はまた枉《ま》げてお援け下さいますやうに。主人もくれぐれもよろしくと……」

その口上も背中に受けて正午は外へ出た。

眩暈《めまひ》を覚えながら蹣跚《まんさん》と家へ向つたその道には彼岸近い初秋の陽が射してゐた。今日青蓮寺へたどる道はどんよりと曇つた空の下で鈍色に濡れてゐる。あの日は帰りついた途端にどつと疲れが出て部屋へ引取るなり昏昏と睡つたものだ。夕刻目を覚ましてすぐ、入浴、向うでは陸陸《ろくろく》食事らしいものも摂らなかつたので晩餐は餓鬼さながらに貪り、須弥は正午の健啖振りを屈託の無さと勘違ひして微笑した。正午とて心は千千に乱れてゐた。思はせ振りな未雉子の言葉は乾き損つた膠のやうに耳の奥にべつとりとこびりついてゐたのだ。

青蓮寺別院を目のあたりにしながらも、その不快な記憶はさらに濃密に蘇つてくる。沙果子はつひに晩餐の卓にも顔を見せなかつた。空晶叔父の在否を質すと十日の深夜帰つて来たらしいが翌朝はまたさりげない旅装で出かけたといふ。行先を尋ねる須弥には紅葉せぬ間に楓でも観に行つてくると空とぼけた返事、立春の訃を告げてもてんで我不関焉《われくわんせずえん》の趣でとりつく島もなく、沙果子の鬱病を聞いてもどこ吹く風、腹が立つやら情ないやら、こんな時にこそ心の支へになつてくれるだらうと常常恃みにしてゐた実の弟が云云と、結局は母の愁嘆場を見るに止まつた。見事な韜晦《たうくわい》振りといふ他はない。韜晦といへば天道にしたところで沙果子に鎮静剤を処方する以外何一つ手を下さうとせず、空晶の怪訝な動静についてはさらに意見を洩らさない。正午はいらいらと道の礫を靴先で蹴りながら寺への坂を登りはじめた。

告別式とは名のみ、電話連絡で通知しただけの略式、門前にも「故最上立春告別式式場」と短冊ほどの大きさの紙に、それも女手と覚しい筆蹟の標札《しめふだ》が貼りつけてあるばかり、濃墨で認めてあるのも配慮の届かぬことながら、恐らくはあさぎが能筆の見せどころとしやしやり出るのを、弓削が傍で制しやうもなく立往生したことだらう。午後一時からの式を午前から罷り出るのも前前日の例に照らせば二の足を踏みたいところであつたが、弓削の電話では受付に手をお貸し願へれば幸と鄭重な依頼もあつたこと、退屈するくらゐの時間がもしあれば聞えた枯山水の庭でも見るつもりで出向いたのだ。

退屈するどころか寺に着くなり別院住持の設楽空水《しだらくうすゐ》和尚につかまつて開口一番、「おや、これは飾磨家の総領の甚六、中だるみの次男も三男の秀才もゐないせゐかとんと独活《うど》の大木になつたぢやないか。噂では土建屋に入つてあちこちに掘立小舎を作つてゐるさうだがまだおのれの家も成さぬのか」

と降るやうな毒舌、満面に笑みを湛へ肩におく手は骨だらけだが、ふと気がつけばこ

の老僧こそ叔父空晶の名附親、行く行くは自分のあとでも嗣がす気で幼時は随分可愛が

つたらしく、当今も折に触れては往来《ゆきき》してゐたはず。繋る縁を最上家は知つてゐたのだ

らうか。

略式に鯨幕を張つた本堂の前に受付用の机を並べてゐた弓削が目ざとく近づいて来た。

「飾磨さん、お早早とお出向き戴いて恐縮でございます。御住持とはかねてお知合？

さういへば私も迂闊な。とんと忘れてをりましたがこちらのお母方《ははかた》の淡輪家がたしか

……」

この白鼠が記憶を手繰るくらゐだから清明は勿論あさぎも貴船未雉子も二人の関りを

知らうはずはない。正午は適当に相槌を打ちながら受付の名刺入や香奠受の芳名帳を調

へる手伝ひに廻り、弓削が硯を取りに庫裡へ入つたのを見すましてから空水には手短に

立春の死にまつはる経緯を告げ、式後改めてと耳打した。

「空晶の虎め、また豹変して何かたくらみをつたかな。虎変はよいが豹変は困る」

空水はにやりと笑ふと正午に眴《めくばせ》して立去つた。虎変は易経出典の徳の日日に新たな謂、

正午もどこかで聞きかじつた覚えはあるが、反問すればうるさいことにならう。永らく

会はぬ老僧もたしか先刻の独言の中の寅、空晶と一周《ひとまは》り違ふはずゆゑ五十を越えてゐる。

母の須弥とはどのやうな縁続きであつたか急には思ひ出せない。覚えてゐるのは空晶が

離室に居据わるやうになつた頃問はず語りに、

「おれの名は坊主がつけたんだ。五黄の寅の男に名を貰ふと運勢まであやかれるつておふくろが担ぎやがつてな。何のことはない『空』を譲られて功徳など空つぽよ。第一空晶つてのは負《ふ》の結晶のことだぜ。皮肉な坊主もあつたもんさ。時時名前が悪かつたからいつも嚢中無一文だつて因縁をつけに行くと気前よく小遣くらゐはくれるがね。行く度に『長恨歌』あたりをべらべら諳誦して聞かすのが珠に疵。なかなかの漢詩通で門人まであるんだとよ。一度連れて行つてやらうか」

などと喋つてゐたことだ。わざわざ寺へは伴はなかつたがその直後さる書家の墨蹟展へ空晶と同道した時、会場でばつたりと顔があひ引合はされた。正午は知らぬことながら空水の方は幼時の彼を覚えてゐて、今日同様目を細め似たやうな毒舌をふるつた。名前で思ひ出した。丁度午餐時どこかでお斎《とき》を戴かうか。先に立つたその後姿の厳しい肩の線がうつすらと蘇る。飾磨家とは永らく疎縁になつてゐたが、そのゆゑよしも耳にしたやうな気がする。須弥は昔のことを、特に天道の前では一切口にせず、正午にも語らうとしなかつた。空晶も輪をかけて口の重い方だし正午は一切興味をもたぬたちだから月日と共に霞はいよいよ濃くなり、縁戚、血の繋りの文目《あやめ》など人に聞かれても当惑するくらゐ朧である。だがその霞の奥を探らねばならぬ時が来てゐるやうだ。今日家を出る時須弥はなぜ一言、空水和尚によろしくの言伝くらゐ添へなかつたのだらう。二十五にもなれば当然の才覚、すべき挨拶は教へずともしようと頼むものあつてのことか、あるひはまた青蓮寺別院が式場と聞いても上の空、空水を想ひ出すこともないまでに淡い繋りになつてゐたのか。何かの禁忌に触れるのを憚つて殊更にそ知らぬ顔をしてゐたのだらうか。正午はちらほらと門前に現れた参列者の影を見届けて、われにもあらぬ揣摩《しま》臆《おく》測《そく》を中断し、墨を磨り始めた。

受付には代表格で弓削が控へ、店では次席らしい中年の鳴戸とかが香奠を受け、正午はもつぱら記録係を勤める役廻りとなつた。木曜の午後といふのが却つて幸したか、勤め持ちは時間を限つての外出ゆゑ事務的に顔を出しては踵を返す。親類以外は三十分ばかりで悉皆出揃ひそれぞれ供養のささやかな包を手に散つて行つた。受付三人の焼香は殿《しんがり》、仄暗い本堂の遺影の前で正午は墨に汚れた手を合せてしばし瞑目した。立春の写真は今年の春例の正午設計にかかる最上の店舗、三階テラスの人工庭園で撮つた一葉が引伸ばされてゐた。オート・タイマーで気取つたポーズをつけ正午に向つて笑ひかけた時シャッターが下り、微笑は凍てついたまま死者の肖像としてここに飾られてゐる。切捨てられた半身の足許には白屈菜《くさのわう》が一叢《ひとむら》淡黄の花を兆し、後には鉢植ゑのサッサフラスの褐色の樹皮が光り、思へばあの日は四月馬鹿、屋上苑へ上るなり立春がいきなり、

「知つてるかい。安楽死がいよいよ認められるやうになつたんだぜ。刑法二百二条の改正だ。安死術は委嘱殺人から外されるのさ」

と真顔で告げた。最高裁の判例でも出来たのか。よほど有名な事件でも最近あつたのかと乗出して矢継早に訊きただし、揚句は四月朔日のお愛嬌とは知れたものの、薬草即毒草も入混つた植物の群に取囲まれて聞いてゐるとまんざら嘘とも思へぬ妙な後味で、

「万一さうなつても施術者はドクターに限らないと危険だらうな。『高瀬舟』を逆用したやうな曖昧な人殺しが横行するからね。もつとも医者が事によると怖るべき殺人者にもなりかねないが」

と正午も首を傾《かし》げ、笑ひもならぬ笑劇《ファルス》の一齣《こま》ではあつた。それと阿片とどこかで絡まるのか。一瞬頭の中に蒼白い火花が散りわれに還つてそそくさと焼香、瞑目沈思の長さは悲しみの深さと左右に控へた親族十数名は正午の一揖に応へて靡くやうに辞儀を返したが、末座に近い未雉子の目はこの時も意味ありげに退出する彼の後姿を逐つてゐた。

供養の粗飯を御一緒にと引止める弓削の手を振切つて正午は下向することにした。清明も濡縁まで出て来て言葉少に深謝の意を表したがやはり赤の他人の辞令に過ぎず、これで最上家との縁もふつつり切れた思ひが深い。未雉子が弓削の手から奪ふやうにして引菓子の包を差出す。

「真菅屋の『十六夜《いざよひ》』ですの。殿方には不向でございますがお供養の印に。今夜は居待月《ゐまちづき》なのにあそこは十六夜までしか作りませんのよ。沙果子さんによろしく。あれからいかが」

菓子の講釈を聞きに告別式に来たんぢやねえやと啖呵の一つも浴せてやりたい思ひに正午はそそくさと靴を穿き、屈めた身体を起すと未雉子を見据ゑて言つた。

「忙しくつてまだ会つてませんがね、ぐうぐう眠つてゐるやうですよ。何しろあんたと違つて至極単純に出来てるから明日あたりはけろつとして猫目石《キャッツ・アイ》だ翡翠だつて走り廻るでせう。御心配なく」

やや激しい語気に気圧されて未雉子は返す言葉もなく立ちつくした。仄かに開いた唇から溜息のやうに「翡翠」といふ言葉が洩れたのを、すでに背を向けた正午は聞いてゐなかつた。

往きは三十分余りかかつて散策がてらに歩いた道も帰りは億劫《おくくふ》で正午は車を拾つた。個人タクシーの柔和な老運転手がバックミラーを覗きながら葬式の帰りかと尋ねる。ふと見れば喪章はつけたまま、しかも黄白熨斗の菓子包みを抱へてゐれば子供でも察しはつかうと苦笑しながら腕章のピンを外した。御縁者か取引先かとの罪のない穿鑿に二十五歳の友人と答へると、途端に速度を落して称名《しやうみやう》を称へ逆縁の親御がいたはしい。私もこの夏二十七の次男を喪つてと涙声、とんだ車に行きあたつたものと応待に窮してゐるうちに家の近くまで来たので五百円札を渡し、釣銭は回向代りに押戻して車を跳降りた。

家の中はひつそりと静まり返つて時計は午後三時をやや過ぎてゐた。沙果子の安否が気づかはれて二階へ上ると扉が半開きになつてゐる。窓のブラインドもきりつと引上げ、どうやら起きてゐる様子、ほつとして戸を叩くと案外落着いた声で応へがある。半身部屋に入れて覗きこむ正午を鏡の中に迎へ、ネグリジェの上に藤色のウール・レースのカーディガンを羽織つて髪にブラッシュをあててゐる。化粧抜きの頬も生気が蘇り、眼も尋常に澄んで、

「御免なさいね。すつかり横着してしまつて。告別式だつたんですつて？　やつぱり兄貴礼装すると見違へるほどハンサムになるぢやない。貴船さんにこつてり口説かれたんでせう。御苦労様の御退屈様」

としひて弾みをつけてゐるのではあらうが、何事もなかつたやうな明るい口調に還つてゐる。

「無理するんぢやないぞ、沙果。ぼくの前でまで。いやあ貴船女史にはねちねちと絡まれ通しでね。謎をかけられたりお為ごかしの助勢を申込まれたりさんざんの目に会つた

よ。退け際にあまりむかついたから、沙果子のことは心配御無用と暗に放つておいてくれ風の止めを刺してやつたんだ。起きてゐるのを見て胸を撫で下したところさ。ま、それはいいとしてどういふ心境の変化だい。変り身が早過ぎてはらはらするぜ」

　正午は半信半疑の妙な表情でストゥールに腰を下し、腕を拱《こまね》いて妹の顔を見上げた。喪服で男振が上つたとは言ひ条十日この方の心労で目の縁に淡い隈が浮上り、顔にも日頃の艶がない。武骨で単純な兄の心の翳りがいとほしく沙果子はふつと涙ぐみながらきつと口を嚙みふたたび爽やかに言放つた。

「私もう忘れることにしたの。薄情に聞えるでせうけどかうなつてみると深入りし過ぎなくてよかつたと思つてるわ。だつて結婚でもしてゐたら地獄ぢやない？　ただあの人にどういふ秘密があつたのかは別として、それが全然察しられなかつたのは私がよほど鈍感だつたのか、ベターにしろワースにしろ半身《ハーフ》になる資格がなかつたか、それとも人間といふものは……」

　正午は苦笑して後を引取つた。

「信じられないと言ふんだらう。他人はおろか肉親も、第一自分も過信するのは禁物つてところか。旧い懐疑主義《スケプティズム》といふよりそんなの常識さ。それに最上はぼくと違つて昔から演技がうまかつたからな。学園祭の時にはいつも……」

今度は沙果子が言葉尻をとらへた。

「お芝居の主役でシャイロックやオセロをやつたんでせう。ひよつとするとムルソーかブリックの方が適役ぢやなかつたか知ら」

正午は瞼の裏に「それは太陽のせゐだ！」と叫ぶマルチェロ・マストロヤンニの短く太い鼻が浮び、それが瞬時に立春の磁器めいた横顔に変つた。「それは月光のせゐです」と彼は呟く。九月十日、朱を帯びた夕月を見ながら立春はクリスタル・ホテルでみづからを殺したのだらうか。何のために。

「ブリックとはどういふ男だつた？」

正午の間の抜けた問ひに答へて沙果子は髪をきりきりと編上げて椅子を立つ。

「灼けたトタン屋根の上で猫を飼つてる男よ。セバスチャンの親戚でブランチの再従兄《またいとこ》。知らない方がいいわ。そんな人物は。兄さんには縁のないこと」

言ひつつよろめく妹を支へようと正午も立上つた。

「思ひ出した。アルコール中毒で親仁が癌、女房がエリザベス・テイラーだつたな」

沙果子はしようことなしに肯きながら正午の健かさを心の中で嘉してゐた。映画ぢや判りようもあるまい。ブリックはなぜアルコールに溺れねばならなかつたのか。それだけが、その真相だけがあのドラマを成立させる要《かなめ》なのに。立春はなぜ阿片をあの夜多量に摂らねばならなかつたのか。それ以前に何処で麻薬と出会つたのか。沙果子はおのが疑惑を打切らうと頭《かぶり》を振つた。

「ま、どうだつていいけど私これから準備して来春には一度インドへ行つてみたいの。宝石の故郷でせう。セイロンのラトナ・プラへ行くと川の底の砂を笊に入れて売つてくれるんですつて。ルビーやサファイアの原石が入つてゐるさうよ。パキスタンのペシャワルにはエメラルドの礦山があるし、インドのゴルゴンダには金剛石の国営採掘場があるの。それぞれコネクションはあるから見られるはず。宝石デザイナーでございと言ひながら今のままぢや耳年増、それもまた聞きのすれつからしになつてしまふもの。スポンサーも、一、二心当りがあるからお金の方も父兄方の御捻出を強請するやうなことはないと思ふ。ね、いいでせう。ビルマにも寄つて兄さんのアクセサリー用に琅玕《らうかん》くらゐ買つて来てあげる」

父母も反対はすまい。むしろ愁眉を開いて娘の外遊を祝ふことだらう。費用の五十万や六十万たとへかかつたとしても、昨日までの状態が最悪の境に陥つた場合を想定するなら廉い費《つひ》えと言はねばなるまい。

正午は服を改める前に湯殿へ入つてシャワーを浴びた。青蓮寺別院へはポロシャツにジーンパンツで出かけようと洋服簞笥を手探りしてゐると沙果子が声をかけた。外出するなら私も久方ぶりに美容院へ行くからそこまで一緒にと言ふ。揃つて玄関に下り立つたところへ須弥が離室の方から現れて目を瞠つた。

「沙果子、あんた一体」

声を呑んで走り寄らうとするのを手で制し正午は笑つた。

「御覧の通り。眠りの森の美女は寝飽きてこれから美容院へお出ましさ。ぼくも一寸事務所へ顔を出してくる。晩飯は精進落しと厄払ひを兼ねてミットくらゐのビフテキを頼むぜ。母上」

沙果子が誘はれて華やかに笑ふ。何日振のことだらうと須弥は目頭を押へながらもたちまち笑ひに和する。

「あんたいつの間に逆修の呪文を覚えたの。お父さんよりよつぽど名医だねえ。いいわ、これから電話してお肉は買占めとくから。到来物のシャンペンがあるからあれを抜きませう。叔父さんも今夜帰つてくればいいのに土曜の夕方になるさうよ」

空晶が帰つてくる。一瞬兄妹は顔を見合せたがさあらぬ体で母と別れた。西に傾きはじめた陽の橙黄の光が沙果子の半身を染める。緋と鮮黄の氷島罌粟《アイスランドポピー》を散らしたジョーゼットのワンピースの裾が風に翻る。その入乱れる罌粟の花模様にも、二、三日前ならまつはる思ひがあつたらう。今も全く消え去つたわけではない。

殊更に活潑に捌く沙果子の足取りも、あるひは人が見てゐればいつ蹉跎《さだ》と縺れることか。微かな虚勢が額の薄ら汗になつて滲み、気を取り直さうとする努力がいたいたしい。しかもその健気な挙止口吻の奥にはたしかに何かを決意した無気味な翳も見えぬではない。

「ヘア・スタイルをすつかり変へてくるから兄さん肝を潰さないでね」

左右に別れる辻で沙果子が言つた。

「尼僧スタイルも乙なもんだ。剃つて貰へよ」

正午のからかひにもう一度振返つて、

「オフェリアになり損つてお生憎様、ホレーショ殿」

と減らず口を叩く沙果子をしばらく立つて見送りながらも正午はまた仄暗い予感に襲はれてゐた。

庫裡へ廻つて呼鈴を押さうとすると、本堂の裏の方から空水和尚が小走りに近づいて来た。半時間ばかり前告別式後の供養の宴も終り一同が引揚げたといふ。独身の次男坊の葬儀とはいへ歴《れつき》とした老舗の最上家にしては随分簡素に取仕切つたものだと空水は歎じてゐた。当主の清明の合理主義、それも結構だが漢方といふものは現代医学では割切れぬ非合理性のxを加味して成り立つてゐるのだから、諸式万端ああ無駄も遊びもなく運んでは末が思ひやられるとの意見、それもさることながらその無用の用も知悉して兄以上の悧巧者、取引先からも好評嘖嘖、使用人の人望も厚い立春は、今にして思へばとんだカインのアベルではなかつたらうか。店舗新装改築の請負、特にテラスの薬草園など立春が推進強行したから日の目を見たやうなものであつた。恐らく蔭では清明も舌打してゐたかも知れぬ。その辺になると妙に勘ぐれば却つて自己嫌悪を催すので正午もそれ以上は考へぬことにした。書院の奥の一室が空水の居間、次の間は漢籍、仏典が文字通り充棟の体《てい》で雪崩《なだ》れた一抱へばかりが此方へ越境し、使用中の辞典、法帖《はふでふ》のたぐひが机の周囲に塚を成し足の踏場もない。仏家には似合はぬ長火鉢の鉄瓶に湯が滾《たぎ》り、空水は小まめに抹茶を立ててすすめた。

机の上に唐紙《たうし》一束、それの文鎮代りか見馴れぬ石が一塊、鮮かな橙黄の光を沈めてゐる。正午が見つめてゐると空水はそれを取上げて、

「これか。鶏冠石だよ。綺麗な結晶だらう。一寸珍しいものさ」

と傍に置く。正午は首を傾げて眺めながら呟いた。

「ああ、印材ですね。花押でも彫りますか」

たちまち空水の叱咤が飛ぶ。

「莫迦、印材になるのは鶏血石で蠟石の一種だ。これは雄黄《ゆうわう》、顔料になる。鮮やかな黄色の絵具にな。それから花火の材料。硫化砒素だから。ま、それでも鶏血石が印材になるのをうろ覚えにでも知つてゐるのは、今時の書生上りにしちや大出来だらう。空晶の仕込かな。さうさうこの鶏冠石も実は空晶が持つて来たんだ。ところでお前さんがわざわざ運んで来たのはその空晶のことぢやないのかい。ひよつとするとこれに絡る話かも……」

相手の心を見透かしたやうな口振で唐紙の束の下から二、三枚の色紙をとり出した。別誂と見えて一枚漉の鳥の子の上に極上の斐紙を貼合せ微かに銀砂子を撒き型は横長の継色紙《つぎしきし》大《だい》、それぞれに数本の罌粟の花が描かれてあり一枚は白と黄、一枚は白と紅、一枚は白と青、宋の黄氏体《くわうしたい》をそのまま伝へるやうな精緻な描法で、花弁の一ひら一ひらが剝ぎとつた皮膚さながらふるふると動いてゐる趣である。それぞれに蝶、玉虫、蜉蝣を配し右上に細字の賛、白・黄には「白罌粟やほろびてもなほ双蝶《ふたつてふ》」、白・紅には、「堕《だ》紅残萼暗参差《こうざんがくあんにしんさたり》」、白・青には「欲書花片寄朝雲《くわへんにしよしててうんによせんとほつす》」、と仮名は佐理、真字《まな》は欧陽《おうやう》詢《じゆん》を倣つたうつくしい書体である。正午はさつぱり不案内であつたが空水はこの方面でも一家を成してゐるらしく、さういへばいつか同道の墨蹟展でも主催者らしい年配の美髯の男が鞠窮如《きくきうじよ》と案内に立つたことを想ひ出す。

「紅の方は李賀、青は李商隠、別に罌粟の詩ぢやないが間に合せさ。句はわしの悪戯《いたづら》、何《なあに》、芭蕉の捩《もぢ》りでな。これに使つた黄がそれその雄黄だ。紅は臙脂《カーマイン》、茎や葉は緑青、花を描くのに石や虫を使つてゐるのも面白からう。いや三色の罌粟つてのは注文さ。空晶め誰から頼まれたのやら過分のお布施をそれも前金でもつて来たもんだから。菖蒲に牡丹それに罌粟といふのなら間間あるがかういふのはわしも描き初《はじ》め。第一白以外は別品種だから花は勿論葉も茎も皆色や形が違ふ。杜若《かきつばた》と花菖蒲と鳶尾《いちはつ》を一緒に描けといふやうなものだ。黄色い罌粟はこの頃舶来物でよく見かけるが青などあるはずがないだらう。紫に似せて描いておいた。阿片を採るのは白花種だけでな。真紅は虞美人草、『時不利《ときにりあら》兮騅不逝《ずすゐゆかず》』つてやつよ。ところで……」

空水の長談議の切目で正午はふと色紙を見直した。

「白が、阿片罌粟が三枚ともにありますね。一枚目のは一本、二枚目のは六本、三枚目のは蕾も入れて八本、これも注文でせうか」

正午の質問に空水の目がきらりと光つた。

「よく気がついたな。紅七本黄五本青三本といふのもさうさ。ただしこれは空晶の思ひつきぢやないかな。言はずと知れた九星を配したつもりだらう。葉と茎が緑で土が黒、三匹づつゐる玉虫、蝶、蜉蝣は紫の濃淡で描き分けた。これで一白から九紫まで悉皆揃ふつて寸法だよ、さて奴さんこれを誰に渡すのかいささか気になつて来たぞ。彼岸の中日までにと言つてたからあと四、五日待てばやつてくるだらう。離室にゐることだし尋ねてみたらどうだ。頼みに来たのがさうさあれは梅雨に入る前、暦は小満だつたから五月二十日頃か。あれからもう四月も会つてをらんが元気かな。飾磨邸の方角は鬼門でわしも全然足を向けないが母御も相変らずお健かだらうな。空水がよろしくと言つたとなど伝へてもらはぬ方がよからう。いや曰く因縁はいつかまたゆつくり喋らう。空晶もその辺は呑み込んでをらう。ところでまた元に戻るが奴さん何か面倒なことでも?」

やつと本論に還つたが正午はもう何も尋ねる気はなかつた。五月以来会つてゐないといふのがまことか否かは別として、立春の死にまつはる空晶の不審な動静を質したとて空水は応へまい。離室とはいへわが家の住人のことを他家へ聞きに罷り出るのももともと筋違ひ、「元気かな」とは取りやうでは痛烈な皮肉でもあらう。

書院から枯山水の庭は手にとるやうに見える。孤蓬庵《こほうあん》の庭と瓜二つとか。恐らく松不昧が孤蓬庵を再建する時縁者の願寺《ねがひでら》といふゆかりでもあつて慰みに兄弟園を造つたのだらう。涸山水《こせんずゐ》特有の独《ひとり》よがりなとりつく島もない風情が南側に研磨工場が建つて以来昼も昃《かげ》りつ放しで頓に陰鬱の度を加へ、空水は重要文化財の何のといふ厄介な折紙でもなければ毀して雑草園にでもしたいと膠《にべ》もない口吻、この頃の建築は建物の方ばかりいやに高層化して御立派なことだが庭となると一体あれは何だ。未だ山水河原者《せんずゐかはらもの》の手になつた箱庭擬きの林泉に中の島《しま》、でなければむやみやたらに草花を植ゑこんだ公園広場の縮尺版、造園家はどうして出ないのだと口角泡を飛ばす。正午とて建築家の端つくれ、日頃痛感してゐることゆゑ返す言葉もなく、空間の貧困などとお茶を濁しこの辺が引揚げ時と不得要領に席を立つた。

　机の上の鶏冠石が夕照をうけて鮮黄の光を放つ。拳大の尖つた石の相に正午は一瞬十日の夕刻沙果子と共に闖入した空晶の寝室の十二神将像を想ひ起した。中の一体はたしか黄色であつた。寅神、いびつな虎の冠を戴いてゐたがそれならば青のはず。しかし他の、一体を欠いた十一の像が何色かは勿論もはや記憶にない。ただ一体の黄だけが瞼の裏に残つてゐる。父は空晶を伐折羅に擬し即ち戌と錯覚してゐるが実は寅、それも八白、戌は母の須弥で三碧ではなかつたらうか。正午の脳裏には三原色を交へた六色と十二の厳しい像と禽獣の姿が卍巴に入乱れくらくらとなつた。

「おいどうした。文殊に先立たれて三界が昏んだか。美男の地蔵殿」

　空水の軽口に送られて寺を出た。時計を見ると六時に近い。夕映に額を照らされながら正午は言葉通り目の前が昏くなるのを感じた。謎を深くするために来たやうなものだ。鍵はたしかにまた幾つか示されたが扉はいよいよ探り難くなつた。

久久に明るい晩餐であつた。少くとも沙果子は九日の夜の生気を取戻した。ボーイッシュに思ひ切つてカットした髪のせゐもあらうがハイティーンめいた稚さもさしそひ、諧謔を交へた応答も弾んで須弥は相好を崩して娘に和してゐる。父は父で何事もなかつたやうに曇つた微笑を湛へ時時穏やかな箴言紛ひの独言を洩らす。しかしながらこの平安はやはり底に危機を孕んでゐるのだ。当然夕餉の話題に上つてよい立春葬儀の顚末には誰一人触れない。口にせぬ事件が最大の事件、触れぬニュースは禁忌であることを一人一人が敏感に嗅ぎとつて心に秘めてゐる。会話の途絶えるのが怖ろしさに三人三様の毒にも薬にもならぬ話の種を逐ひ廻してゐるのだ。そのタブーの中には当然空晶も含まれる。欠席裁判を避けてゐるのは、裁きはじめれば収拾がつかなくなり、この危い平安がたちまち崩れるからなのだ。

正午の好みでレアに焼いた肉はナイフを蒯色に染める。つけ合せの水芹《クレソン》の香が舌の根に沁みどこか遠い水郷の新秋を思はせる。誰も見てゐないテレヴィには見知らぬ町の裏通りが映り今華やかに花卉の種袋を飾つた種苗店の前で寂しい顔立の女が花花の絵を目で逐つてゐる。

須弥が食後の茶を配らうとしてふと手を止め画面を見た。女はルピナスを買はうとしてゐる。

な」

「さうだ。もうすぐ彼岸ね。私も裏の花畠に何か播かなくつちや。何しろ此頃は切花も高いから投入にするものくらゐうちで咲かせたいわ。さしづめ紅花と貝細工にしようかな」

沙果子は手入れを手伝はされるのを懼れたのか、

「そんなもの播かなくつてもアガパンサスにほととぎす、竜胆に鳥兜に芍薬、それからチューベローズにラナンキュラスにイリスと数へ切れないほど宿根草が植ゑてあるぢやない。来年春になつてから苗を買つた方が簡単よ。珍しい花は素人の手に負へやしないし、今播くのはみな四、五月頃咲く花でせう。花だらけの季節だから切花も二束三文、お止しなさいな、お母さん。さうさう離室の南側にはその上木蓮、蘇枋、梔子、リラ、椿、エリカ、空木と花の咲く木も一通りあるんだから」

といやに冷たい。

「でも百日草の咲いてゐた二坪ばかりが空いてるのよ。野菜なんか植ゑるとみみつちいと言つてお父さんに叱られるし、いつそ移植のきかない雛罌粟でも播かうか」

須弥は案を変へながらも譲歩する気配はない。テレヴィの種物屋は鎧戸を下し亭主が外出する様子である。

「花弁のつけねの黒いオリエンタル・ポピーがいいな。あれは栽培許可が要るのかな」

ぽつりと洩らした天道の言葉に正午はわが耳を疑つた。疑ひつつ沙果子の横顔をうかがつたが彼女は聞えなかつたかに微笑を浮べて画面のコマーシャル・メッセージに目を向けてゐた。鮮黄の総状花の咲き乱れた草原を游ぐやうに半裸の少女が横切つてゆく。化粧品の宣伝か肌着の広告か、高速度カメラでとらへた少女は夢遊病者を思はせる懶い表情でうなだれ、霧の立ちこめる画面の隅に消える。天道は何食はぬ顔で験してゐるのだらうか。

沙果子は立上つて汚れた皿を流し元へ運びはじめる。

「許可なんか要らないでせう。あんな品種違ひから阿片が搾れるはずもなし。むしろ離室の北側の鳥兜の方が危険だわ。根が山葵《わさび》そつくりで見分けがつかないさうよ。イギリスではビフテキの薬味に山葵を使ふのか、鳥兜と摩り替へて人殺しをする話もあるのよ」

まさに毒を含んだ沙果子の捨台詞であつた。しかも微笑は消えてゐなかつた。

「まあこはい。空晶にさう言つておかなくつちや。罌粟はやめませう。風が吹くと総倒れになつて支へをしてやるのが大変だし、切つたつて二、三日で散つてしまふから。霞草を播いとくわ。さ、洗ひ物をさつと済ませませう。沙果子、いいのよ。私一人で大丈夫」

須弥の目は天道を見てゐた。冷い目差であつた。その目を遮つて正午は立上り父を見下して言つた。

「父さん、明日はたしか老人の日でお休みでせう。この間途中でやめたレコードの虫干でもやりませんか。今夜一寸準備しておくと手順がうまくゆくんだがな。ついでにマーラーが聴きたいんだ。これから行つても構ひませんか」

天道は大欠伸をしながら応へる。

「いいさ、私もさう思つてたところさ。敬老の日の前夜だから肩でも揉んでくれるか。沙果子も一緒にどうだ。マーラーならフィッシャー・ディスカウの『亡き子を葬る歌』があるぞ」

正午はまたしてもと眉をひそめる。巧妙な言葉の罠でやうやく昏迷から脱れ出た沙果子をどうして陥れようとするのか。

「あら私はこれからお母さんと海外ドラマ・シリーズの『釣鐘草』つてのを見るのよ。フランスの作品で息子が父親を鐘楼から突落すんですつて。親子で恋人を奪ひ合つて。娘の名がカンパネルラ。結婚衣装をヴァランシャガが担当したとか解説にあつたわ。ね、お母さん」

偶然にしては見事な切返し、いささか怯んで声を呑む天道を斜に見ながら須弥が答へる。

「いやだわ、沙果子。そんな怖ろしいお話なの？　あんた衣装のことばかり言ふもんだから聞き洩らしてたわ。私はどうせレース編みのついでだから何が映つてたつて上の空、構ひませんよ」

正午はわざと活潑に天道の背をぐいぐいと押して廊下に出た。玄関脇の籐編の籠に空晶宛の郵便物の束が見える。留守中はここに纏めて預つておく慣ひであるが、中の一通の封書の裏が半ば見え、署名は微かに貴船と読める。かすれた墨痕の横一《よこいち》は七曜の七の一部であらうが残りは匿れてゐた。貴船の姓と空水の罌粟の黄が頭の中で重なつて消える。

書斎隣の応接室に入ると正午はソファに横たはつた。天道は無言でレコード・キャビネットを物色し、やがて一枚を引抜きターン・テーブルに載せる。遠い叢を鳥が奔るやうな摩擦音に続いて澄んだクラリネットの前奏が聞える。

Wenn mein Schatz Hochzeit macht.
Fröhliche Hochzeit macht.
Hab' ich meinen traurigen Tag!

「あの人は嫁ぎ、私の胸は悲しみに傷れ……」とディスカウはバリトンで咽び哭く。正午は父の顔を見た。ケンプ指揮の『亡き子を葬る歌』をかけずに『さすらふ若者の歌』にしたのは考えてのことだらうか。彼にはマーラーも虫干も口実に過ぎなかった。父を問ひ詰めてみたかつたのだ。天道の目はそれを優雅に拒んでゐる。人を傷つけてもみづからの血を流すことは避けたいのか。正午はこの間の仏像大鑑を膝の上に展げながら語りかける。

「さつき二時間ばかり設楽空水和尚と話しこんで来ましたよ。告別式の後出直してね。あの人空晶叔父さんの名附親なんでせう」

天道は書斎に入つて煙草に火をつけた。薄青い煙の向うでその表情は一瞬翳る。

「今も独暮しかい。十数年前にはあそこの門屋《もんや》の役僧部屋に叔父さんが棲んでゐたんだ。たしか今ゐる役僧は青蓮寺本山の三男坊だらう。時時変るんだ」

さう言へば門の築地塀に続いて長屋風の建物があり、帰り際に小さな窓から淡い煙の流れてゐるのを見たやうな気がする。枕経に出向いたのはその三男坊とやらであらうか。砂利運びのトラックから下りて衣を纏つたやうなラフな感じの若者だつた。

「坊主になり損つたなんて言つてたが叔父貴はあそこの出身ですか。どうしてうちへ来たのかな」

どうして来たか。それよりどうしてその経緯を今日まで誰も語らなかつたのか。

「さあ。空さんに聞いて御覧。追出されたのか置去りにして来たのか私も詳しくは知らないんだ」

Blümlein blau! Blümlein blau!

Verdorre nicht! Verdorre nicht!

「青い花よ凋むな！」とディスカウの声は潤む。青い花、青い罌粟、青蓮寺。仏像大鑑を閉ぢて正午は書架の辞典類を引出した。何か思ひ当ることがあるのか手早く頁を繰つてゐたがふと一箇処を見つめると声を上げた。

「父さん。この間叔父さんを戌歳なんて言つてたでせう。戌は母さんの干支なのに変だなと思つてゐたが、ひよつとすると伐折羅大将に釣られて錯覚したんぢやありませんか。叔父さんは寅歳を意識してたんだ。ここぢやさうなつてゐる」

天道はやをら立上つて正午の指す頁を見に来た。十二神将の本地と干支が列記してあるのだが、大鑑のものとは微妙に食違つてゐる。

宮毗羅《くびら》　本地弥勒菩薩　子神
迷企羅《めぎら》　本地勢至菩薩　丑神
伐折羅《ばさら》　本地阿弥陀如来　寅神
安底羅《あちら》　本地観世音菩薩　卯神

頞儞羅《あねら》　本地如意輪観音　辰神
珊底羅《さんちら》　本地虚空蔵菩薩　巳神
因陀羅《いんだら》　本地地蔵菩薩　午神
波夷羅《ばいら》　本地文殊菩薩　未神
摩虎羅《まごら》　本地大威徳明王　申神
真達羅《しんだら》　本地普賢菩薩　酉神
招杜羅《ちとら》　本地大日如来　戌神
毗羯羅《びがら》　本地釈迦如来　亥神

「なるほどな。ともかく組合せは数説あると聞いてゐるが。でもこの間の大鑑のは玄奘《げんじやう》三蔵《さんざう》の仏典翻訳に拠ると註記してあつたらう。この辞典も権威のあるものだし、空さんがこつちを採つてゐるとなると問題だな。ただその摩虎羅大将の本地が大威徳つてのは変だぞ、大威徳も明王で神様、そのまた本地がたしか阿弥陀如来なんだもの。列名の文字使ひや発音に異同のあるのはもともと宛漢字の上に訛りや転訛があるからどうだつていいことだが、いづれにせよここには典拠が記されてゐないね。専門家が考証を重ねたんだらうが」

天道は殊更興ありげに辞典を手に取り、巻末の各項執筆者を検べ出した。

「かうなりや新薬師寺がどうの興福寺がかうのと尋ねて廻るのもナンセンスだな。きつと各寺で違ふでせう、第一平安朝以前のだつたら干支と結びつけてもゐないと言ふし、この間のプランはお流れだ」

音を立てて辞典を閉ぢ、正午を宥《なだ》めるやうに天道は言ふ。

「それと関係なく春彼岸の古寺巡礼もいいぢやないか。沙果子の出発前に家族揃つて行かうや。それに今一寸思ひついたんだがその平安朝だがね。玄奘は七世紀の半ばに印度に渡つたんだらう。当時あちらに現在使つてゐるのとそつくりの十二支があつたかどうか、これは大いに検討する必要もあるぞ。それこそ空さんの独擅場だ。いづれゆつくり彼のお説を拝聴しよう」

その空晶は一体何処を遊行してゐるのやら。天道は聞かれても空とぼけることだらう。

「古寺巡礼も叔父貴の御案内といふ筋書でしたね。でもああ神出鬼没ではあてになりやしない。前からどこそこへ連れて行つてやらうなんて何度も誘つておきながら実現したためしがないんだ。さうさう貉藻《むじなも》と毛氈苔の採集に昴山《すばるせん》や祝沢《はふりざは》へ行かうと熱心に口説かれたこともありましたよ。一昨年《おとどし》の夏だつたかな。そのつもりで休暇をリザーヴしておいたら土壇場になつてから雲隠れ。あれ以来話半分に聞いてるんです」

正午の苦情に引込まれたか天道も呟いた。

「その昴山の麓に貴船の別荘があつてね。ここの庭が百花苑、一白から九紫まで五色の花が季節毎に咲くんださうな。それと境を接して最上薬草園だらう。どちらへも一度行かう行かうと言ひながらそのままさ」

五色の花苑。正午は目の底に淡い火花の散る思ひであつた。空水描く九星の罌粟はあるひはその残欠ではあるまいか。秋彼岸の播種、しかし、そして、両家に何の繋りも脈絡もないはずの空晶がどうしてそれを知り、かつ天道を案内するまでに通じてゐるのだらう。

『さすらふ若者の歌』は終りに近づいてゐる。「菩提樹は私の上に雪のやうな花を零《ふ》らせ、人の世のことはすべて忘れた」とゲルマンの青年は嘆く。悉達多も同じ菩提樹の花蔭でうつつの悲しみを遣《やら》ふたのか。

正午は辞典を納ひ先日清拭の済んでゐないレコードを傍に積みはじめた。

茶の間の方角から何かささめきが聞える。先刻玄関の方で誰か訪ふ声がしたがその続きであらうか。天道が裏返したレコードの『亡き子を葬る歌』に耳を傾けながらその気配も忘れてゐたが「母が戸口に現れる時」の第三節に入つた頃、沙果子の呼ぶ声が耳に入つた。父の方へ目くばせして玄関へ向ふと沙果子が障子を開けて、

「兄さん、今お向ひの末雉子さんが帰つたところ。告別式に行つて別院の本堂へ洋傘《かうもり》を

忘れて帰つたでせう。あの方届けに来て下さつたのよ。明日から昴山の別荘へいらつしやるんですつて。お父様はずうつとあちらにお暮しになつてゐるやうね。私ちつとも知らなかつた。何だかひどく疲れた御様子だつたけど、ね、お母さん。御病気か知ら」

須弥はややあつてよそを見ながらぽつりと答へた。

「未雉子さん姙娠していらつしやる。もう五箇月つてところね。着附がお上手だから目立たないけど私には判ります。それにしても……」

沙果子も正午も咄嗟に目を瞠つた。二人ながらに未雉子の様子を心の中に思ひ浮べる。虚を衝かれて棒立ちになつた正午の傍から沙果子はふらりと離れ、テーブルに身体を支へると歌ふやうに呟いた。

「立春さんの忘れ形見よ。やつと気がついたわ。兄さんを隠れ簑に使つて私の目を遁れていらつしやつたのよ。さう仰れば熨斗をつけて差上げたのに、あの方案外浅知慧ね」

書斎から娘の死を嘆く父の歌声がなほきれぎれに流れて来る。正午は妹の肩に手を置いた。沙果子は緩く頭を振りながら兄を振返る。きらきらと光る目は濡れてゐなかつた。

第三部　臙脂《えんじ》篇

蹲踞《つくばひ》に下りて西を見上げると昴山の中腹あたりが霞んで見える。まだ彼岸の入りといふのに山全体の緑がやや褪せて見えるのは既に黄葉《もみぢ》しはじめた樹樹のせゐであらう。未雉子は着馴れぬホームドレスの殊に胴のあたりがそわそわと落ちつかず、ありもせぬ衣紋をつくろつて苦笑する。父母は二階にゐるのか物音もはたと絶え、独で愉しまうと思つて火に掛けた点前用の風炉の釜に微かな松籟が聞える。やや曇つてはゐるがまだ二、三日は保《も》つだらうと部屋に入り袱紗捌きもそこそこに濃茶を一服、点心の紀州小梅を二、三粒たてつづけに嗜んであたりを見廻す。悪阻《つはり》は募る一方である。既に母には見抜かれてもをり父は知つたとてもはや喜怒のいづれも示すまいが、みごもつたのは紛れもなく父無し子、しかもその父は幽明境を分たぬ世界の人、もとより母の左東子に告げやうもない。

間もなく花屋幹八《かんぱち》の父子がやつて来るだらう。茶室へいきなり顔を出さぬとも限らない。それまでにやはり着替へてきりつとした和服姿で応じようと未雉子は茶筌を洗つた。幹八の当主幹右《みきすけ》は菓子司真菅屋主水の弟、両者とも貴船家とは二代に亘るつきあひであり、いづれの華客《とくい》先も茶と花の宗匠筋に繋る。中断はあつたが過去十数年来秋彼岸と初夏五月二十日前後の小満には幹右、主水両家打揃つてここへ罷り越しささやかな儀式を修する。秋は播種、夏は収穫、それも貴船別邸の百花園に欠かせぬ行事であつた。秋はともかく夏を夏至一箇月前、立夏十五日後の小満と限つたのは、麦秋、すなはち罌粟の結実の季に当るゆゑのこと、それを知り伝へるのもこの三家と少数の関係者以外にはなくまたあつてはならぬ秘事に属した。

玄関の鰐口を敲く長閑な音がする。未雉子は着終つた上田紬の裾を踵で踏みもう一度姿見を覗いてから部屋を出た。二階から左東子も下りて来る気配である。

昴山は標高千米弱の死火山であるが北から奔つて来たなだらかな山脈《やまなみ》が突如海岸近くで膨れ上り、天にそそりたつかの峰を造つて南側は絶壁になつてゐる。従つて北側は陰の湿地で底知れずの沼や沢が点在し、南は漁船の舫《もや》ふ入江も皆無、頂上に灯台でも造ればば恰好だが懸案ばかりで実現には到らず、天文台、とも言ひかねる半官半民の、天体望遠鏡一つだけの観測所兼展望台があるにはあるが常駐の技術者も専門家も見かけない。

市街地からは二、三十粁の位置にも拘らず一向に人は寄りつく気配もなくいづれ算盤高い人種がそのうちに沼沢地帯を埋め立て、頂上までケーブル・カーかハイウェイをつけて完膚なきまでに荒すことだらうが、ともかく今は一種の桃源境、ブリガドーンの趣を呈してゐる。貴船家の別荘は山の東の裾の一廓にあり、この辺一帯だけは傾斜も緩く、寒暑ともに凌ぎ易い稀な地形、古くから貴船家の所有になつてゐる区域が三、四町歩に及び、最上薬草園は北の一町歩を譲り受けたものだ。

別荘は戦後二度改築、現在建つてゐるのは正午入社前の朝香建設が設計した凝つた和洋折衷の館である。未雉子用に茶室も設けてあり階下階上の間取も本宅とほとんど変らず、二階の書斎などむしろ採光通風の点ではこちらの方が上と言へよう。ただ本宅と趣をやや異にするのは外廻を悉皆赤煉瓦で固め蔦を絡ませた古風な外観と全体を凹字型に構成した建方であらう。凹はそのまま上北下南に位し、北は山、その凹の空間に箱型の別棟の小家があるが正面からは勿論見えず、通路は厨房の裏扉から延びた廊下だけになつてゐる。罌粟子の処理場であり地下室も同様の面積をもつがここへは貴船家の三人以外出入せぬ慣ひとなつてゐる。地下に通ずる階段は厚い壁の間に設へてあり恐らく他者が探つても発見は不可能だらう。表向は処理場の用途目的も一応菓子原料用、洋画に用ひる罌粟油用として、いつ調査を受けても万遺漏のない準備はあるが未だ公表などしたこともなく、勿論届出も控へてゐる。

　かつては確かに百花園であつた。今もその名残はあらう。館に隣接した一千坪余を正方形に劃り四囲は背丈をやや越える柵に有刺鉄線を張りめぐらしてゐる。柵に添つて一歩間隔に杉を植ゑ、これで二重の牆、外からは花園をうかがつてもその時時の花、それも丈高い宿根草や花木が散見できる程度である。そのかみこの巨大な桝の内側には掘割を穿ちさらにそれに添つて石垣を築き、その垣の中に正方形の花壇を四つ設へ、それぞれを魔方陣の九つに分つた。九つの区切はすなはち二・九・四、七・五・三、六・一・八、縦横十文字の和十五を意味し、これに九曜星の色にちなんだ花卉を配分した。その平面図が鮮かな彩色で描かれて館階下の客間に掲げられてゐる。

　三原色に黒白緑紫計七色九種の花を揃へるのはさしてむづかしいことではなからう。黒は濃紫色、暗褐色を以て代へれば足りようし鮮緑は稀有であるから淡緑を採ればよい。しかし四つの区劃を四季になぞらへ、各季ほぼ同じ月に咲揃はせるとなれば、あるひは温室のものを一時持出したり根を冷蔵して花季を遅らせたり反間苦肉の策を施さねばならない。七曜の青年時代はその父六紀《りくき》が印度支那や中米あたりからまで稀種を買入れ花合の会を催した。会は二月の涅槃会、六月芒種《ばうしゆ》、十月は十二日の芭蕉忌をその日と定めた。四、五月の春を避けたのはこの時季なら素人でも花は易易と揃ふから、何も貴船家がといふ見識であつたらう。二月は茶会、六月は歌合、十月は連歌とすべてに堪能な六紀が趣向を尽し、その道の大家秀才を選りすぐつて十人内外の一座とした。懐石料理は料理方泊りこみで季節季節の粋を聚め、その栄耀は後後の語り草になつてゐる。殊に芒種の会は壮観であつた。この日に限つて会者十八人、左右各九人が九首の歌を持寄り八十一番の歌合、それも各色の花合で九番毎に左右共席順まで一つづつ送り徹宵の宴となつた。六紀は天禄三年葉月の規子内親王前栽歌合《せんざいうたあはせ》や寛和二年文月の皇太后詮子瞿麦合《なでしこあはせ》に倣ふ心か虫籠に蛍、斑猫、玉虫、邯鄲、蜉蝣の類を入れて樹樹の枝に吊し、彼自身が講《かう》師判者《じはんじゃ》をかねて蘊蓄を傾け縦横に活躍、得意満面であつた。七曜も二、三度座に加はり九首つくるのに一箇月の準備をした記憶がある。梅雨霽れの蒸暑い日にあたらうと風雨の激しい日にならうと花はそれぞれに趣のあるものを選んである。ただ中央の向日葵は晴天に限り、泰山木は午前十時までが見頃であつた。九種の草木の中一白にあたるこれのみ芳香を有ちしかも樹としたのは種種曰くもあるが一に六紀の愛着によらう。五黄の向日葵だけが八種の草木の中で一年草であり特に巨大輪丈六尺以上のものを選んだ。二黒の浦島草は有毒植物、四緑の瓶子草《サラセニア》は食虫植物である。七赤のモナルダは松明の火焔のやうな花のやや衰へた頃であり六白の海芋も灰色を帯びる時だが八白のユッカ、三碧の鴨跖草《つきくさ》、九紫の鉄線は時の花、この風雅奇異な花合には面面十八人のいかなる詞華も

空しい感があつた。しかしながら、

鴨跖草　恋の道この園に尽き鎖もて縛めらるるかに春を経し　左東子
海　芋　空ゆくは恋のなごりか有限の言葉もつるる草かげの水　空　水

七曜は今もそれが最後となつた二十六年前の水無月の会のこの二首をありありと思ひ出す。最終の九番十八首、左東子は七十五番でたしかさる官幣中社の神職との番《つがひ》、空水は八十番で幹八の幹右との番であつたが、五番を隔ててあの時二人は相聞してゐたのではなからうか。物名歌さながら一首の中に花の名まで匿し詠んだのは後にも先にもこの二首だけであり判者の絶讃を浴びた。特に左東子はこの年の灌仏会《くわんぶつゑ》に輿入してまだ二箇月、初の出席出詠、一座の目が彼女に鍾《あつま》つたことは言ふまでもない。二十二歳、まことに鴨跖草の花さながらの清らかに寂びた風姿ではあつた。空水とて自分と一つ違ひ、二十八の青年、苦味の勝つた眉目は青青と剃上げた頭に映えて男すら一瞬はつと息を吞む妖気が漂つてゐた。

左東子の歌は意味深い。結婚生活を囚獄になぞらへそれも失恋の果てと言はぬばかり。訊けば笑つて絵空事、古歌の題詠を御覧なさい。能因の白河の関、定家の松島、一一目鯨を立ててゐたら風雅も修羅と答へよう。空水ならなほその上においのが名を天と地に引裂いた一首、恋は仏への思ひ、不犯《ふぼん》の身をからかはれるなと軽く一蹴するにちがひない。疑惑は募つたもののその年の十月に父六紀はみまかり、年三度の会も沙汰止みになつて其後空水を表向に招いたことはない。招くにもその翌年からこのやうな過差《くわさ》な秘密の園遊会は許されさうにもない険悪な空気が瀰漫し、秋には花園も麦畑と蓖麻《ひま》の林に変貌した。その十二月には友人、飾磨家の天道に長男が授つた。前年七曜にやや先んじ上巳《じやうし》桃の節句に華燭の典を挙げた彼はまだ二十四歳、花嫁は二十歳の須弥、仏家の出自であつたと伝へ聞く。七曜夫婦に未雉子の生れたのはその翌年の十二月、最上家の二男立春は既に生後十箇月で黄蘗や杏仁の香のする部屋を伝ひ歩きしてゐたはずだ。その芒種の後の十数年は砲煙兵火の中に霞み、瓦礫と飢餓に覆はれて思ひ起すのも苦痛である。秋彼岸、とある契機から真菅一族を招いて播種の儀式を行つたのは七曜四十二歳の年であつた。野分の過ぎた雑草園は前前日人を入れて隅隅まで耕し、絹篩にかけたやうな沃土が紫に湿つてゐた。褐色の葉裏を見せて泰山木の葉が散り、この太太と立つ一樹こそそのかみの方陣花苑の名残、蚊蜩吊草と馬歯莧《すべりひゆ》に匿されてはゐたが方形の縁の石組は紛れもなく、手探れば衰へながらも一株の海芋、二筋の鉄線の蔓、一握りの浦島草の茎の生きながらへてゐるのが確められ、この一劃の復元も亦当日の懸案の一つであつた。あれから十二年経つ。

七曜は階下の話声に追想を絶たれた。左東子と未雉子の声にまじるのは真菅幹右の嗄れた声、その中を縫ふやうに息杏八《きやうはち》の若若しいバリトンが聞える。

下拵へは例年通り彼岸の入りに最上薬草園出入りの農家の若衆五、六人が済ませた。昨日はその中の年嵩の男が二人空濠に藺を植付けその内側の一周に麻を播いた。残るのは罌粟だけであり、その空間が何に供されるかを彼等は一切知らぬ、恐らく花舗幹八の店用の春の花卉でも作るくらゐに想像してゐるだらうし、事実罌粟畠の中の径や麻の畝の中の各所には、都忘《みやこわすれ》、ほととぎす、貝母《ばいも》、竜胆、吾亦紅《われもこう》、女郎花《おみなへし》、紅花、風船蔓《ふうせんかづら》、橐吾《つはぶき》、空濠の南の水口附近の水溜りには河骨《かうほね》、沢瀉《おもだか》、蓮等等茶花《ちやばな》、仏花用の草草が豊かに植わり、四季幹八の店を賑はせる仕組になつてもゐる。罌粟ももとより菓子用のもの、罌粟油用のものを約百坪づつ播き、阿片用の品種は他の約一千坪を用ひる慣ひである。

にほひ立つやうな藍の法被《はつぴ》、股引姿の父子は今時のアイヴィ・ルックの及びもつかぬ凜凜しさ、殊に二十六の杏八の長身にはうつてつけ、未雉子は今日もその姿にふと亡き立春の面影を見て愕然とした。

「先に油用のを済ませておきませうか。親仁さんはゆつくりお茶をいただいてゐればいい。あ、その右側の小さい方の袋ですね。一時間もかかりませんから」

一先づ茶室で一服とすすめる左東子の誘ひを振切り杏八は大股に北の花苑に向つた。

「あら、杏八さん手袋をお忘れになつて。私届けてあげよう」

上り框の脇の帽子掛の下に薄い綿の白手袋、罌粟子は決して素手では播かぬものである。人肌、特に汗を嫌ひ必ず手袋一重隔てないと発芽を拒むのだ。未雉子は慌てて草履をつつかけて小走りに杏八を逐ふ。

館の東の外れ、花苑への通路の入口の木戸を潜ると蔓薔薇の柵に添つてやや外輪に腰をゆすつて歩く杏八の後姿が見える。その歩き振りさへ柔道の選手であつた立春の癖に似てゐる。思へば正午も亦このやうな牡の歩みを見せる男であつた。

「真菅さん、お忘れもの。手袋よ。昨日どこでお使ひになつたの、口紅が薬指についてゐますわ」

杏八が振返つて真顔で応へる。

「しまつた。あいつを抱いた時あばれやがつたもんだから。いやこれは冗談。高砂百合を揃へてゐる時花粉がついたんでせう。百合の花粉ときた日にはついたが最後晒さうが洗はうが金輪際落ちないんだ。どうもはるばる御足労をば。それはさうと五月以来かな。相変らずおうつくしい」

いささか茶目つ気のある杏八だが外人擬きの身振りはともかく台詞の終りに引つかかるものがあつた。

「あら、五月の歌合にはお見えにならなかつたぢやない？　歌合は名前だけで徹夜の酒宴だけが芒種の古式に則つてゐるのだと申上げてゐるのに去年も今年もお遁げになつて。私、あなたとお逢ひするのは春の彼岸以来よ。小満の当夜にはどこか粋なところのもつとうつくしい未雉子とねんごろになすつてたんでせう。それとも……」

未雉子の絡みつくやうな応酬に杏八は一瞬たじろいだ。しまつたと唇を嚙む寸前に向き直り、

「失礼、あれは町中《まちなか》で後姿にお目にかかつたんだ。ぼくは花の配達中、あんたはたしか主水の店で菓子を値切つてる最中。はやる心をおさへつつ涙を呑みながら声もかけず」

と巧に口三味線、わざとらしく未雉子の肩に手をかける。

「残念でしたこと。残念ついでにその時はきつとお菓子を値切つてたんぢやなくて道生さんを口説いてたんでせうよ。あの方も従兄のあなたに似て二十二、三といふのにマクロ紛ひの口のききやうなさるの。こはいこと」

肩の手を払ひもせずじつと目を見返す未雉子を、杏八は梔子の茂みに誘ふ。

「こはいのはこのお嬢さんの方だ。飾磨家の御長男や最上家の御次男みたい初心《うぶ》な坊や

なら赤ん坊同然、とはいふものの晩生《おくて》の堅物《かたぶつ》で食ひたりないよなあ。第一先生方女には……」

いきなり引寄せようとする杏八の両腕を、いつの間にか折取つた蔓薔薇の枝でびしりと打ち未雉子はすらりと身をかはした。

「女にはどうしたつて仰るの。そりやあなたに比べれば晩生《おくて》でせうけれど、立派に……」

未雉子は言ひ淀んで顔を背けた。羽交締めの真際に外した杏八の腋のあたりから漂つた鋭い香、あれは何だらう。丁子と松脂に微量の硫黄をまじへた男の薄ら汗のにほひ、あれはたしかに記憶にある。

今年の五月二十一日、方陣花苑の宴を口実の罌粟子採取の日の夜、空晶手土産の火酒《ウオツカ》のほのかな酔心地に朦朧として、帰り仕度をする立春を灯《ひ》も消えた罌粟子処理室に誘ひ、初めて抱かれた時暗闇の中に満ちたにほひではなかつたか。人目を恐れて先に錠を外して中に入り、堆い罌粟の実の束を褥に目を閉ぢてゐる未雉子を、ややあつて忍び入つて来た立春は思ひもよらぬ烈しさで抱き締めた。夢見心地にそれでも瞠いた彼女の目には仄かな星明りに立春の揉上げのあたりしか見えなかつた。

恍惚として身体を痙攣させせながら罌粟束の深みに沈む未雉子を残して立春は消えた。

その漆黒の後背もさだかには見えなかつた。あの長い接吻の時、立春がいつも嚙んでゐるリグレイのガムの薄荷の香はしただらうか。何故彼は終始声を殺してゐたのだらう。童貞のかなしみを咽喉で堰き止め羞恥に堪へず、つひに一言も発することができなかつたのか。さう信じてゐた。さう信じてゐたかつた。だがあるひは、それらはすべて錯覚ではなかつたらうか。

蔓薔薇の棘で掻かれた手の甲をさすりながら杏八はもの言ひたげな未雉子から離れ、これ以上は危険とばかりに下においた種袋や手袋、ロープにスコップの七つ道具を纏めて両手に持直した。

「道草食つてちや昼までかからあ。もう十時を廻つてるでせう。大きにお邪魔、ぢやなかつた御馳走様。早くお帰り遊ばさぬと釜の湯が松風どころか野分を吹かせてますぜ」

ふてぶてしい捨台詞にも未雉子は無言で頷き、やや首を傾げた姿勢のままのろのろと歩を返した。丁子の香がむらむらと蘇り未雉子は激しい嘔吐を催す。蔓薔薇の根もとに蹲つて噦《えづ》くその衿首にまだ暑い秋の朝光《あさかげ》がたゆたふ。覚えずに枯蔓を摑んだ掌から微かに血が滲み、ややあつて痺れるやうな疼きがひろがつてきた。

一時を過ぎた頃主水、道生の父子が馳せ参じ七曜夫婦も形ばかりではあるが播種作業にふさはしい装束に改めて畠にゐならぶ。主水は文字通り畠違ひとはいへ菓子原料の小豆は勿論大豆、糯米(もちごめ)、粟などは一一産地へ赴いて植付から毛見まで立合ひ、砂糖にいたつては精製用の骨炭の品定めにも通暁してゐる玄人、播種には弟の幹右に注文をつけ甥の杏八に説教しながら先頭に立つ。杏八は六年前、道生は二年前それぞれ二十歳の秋彼岸からこの儀式に加はることを許された。

二人ともにその彼岸の入りにこの別邸に招かれ初めて罌粟畠秘密栽培の真相を、それも輪廓のみ明され、「一切他言無用の事、万一右に背きたる節は如何なる制裁をも甘受可仕候」等列記の古めかしい誓約書に署名、あまつさへ血判を取られて顫へ上つたものだ。螺鈿の文筥《ふばこ》に秘められた誓約書は今計十通、貴船七曜、真菅主水、道生、幹右、杏八、最上清明、故立春その父故陽道、なほ他に淡輪空晶、さらに飾磨天道が加はつてゐる。女人はこの限りに非ずとし最上あさぎ、貴船左東子、未雉子、真菅主水の妻琴音、幹右の妻鈴緒はそれぞれ夫、父に準じ殉ずる不文律、但し飾磨家は天道ただ一人の秘事であり須弥、正午、沙果子は全く関知してゐない。十二年前の甲午一白水星の歳の秋彼岸に名を連ねた第一回の儀式の連衆は七曜、主水、幹右、空晶、七曜と清明の父陽道の六名であつた。陽道はその霜月に四十九歳で没したが存《なが》へてゐたら今年還暦、従つて現在の顔触れは八名である。設楽空水の名の見えぬのはむしろ面妖であるが、これは七曜の去り嫌ひ、四、五年この方誓約は立てずとも本人僧籍ゆゑ暗黙の中に参加は一同が諾つてゐる。空水の師当麻《たいま》虚鏡《こきやう》はかつて方陣花苑三宴の常連、師弟揃つて参じてゐたことではあるし、特に最終宴、かの歌合の年の秋四十二歳でにはかに歿つた虚鏡和尚は七曜の父六紀とは刎頸の仲、方陣花譜を編み絵に遺したのも彼であつたし、叡智炯眼並びのない人物ゆゑあるひはその苑の未来を卜して愛弟子の空水に語つてゐたかも知れず、また教はらずともかつての方陣花苑をつぶさに視てきた空水がその後を気にせずにゐる訳もない。識つて知らぬ振りをし時の到るのを待つてゐただけであらう。ただ彼等の他往昔の宴に参じた不時の客はすべて音信も絶え尋ねても不帰の客に変じた者ばかりである。最後の宴に招かれた時既に知命前後であつた人人ゆゑ当然のことと思はねばなるまい。そしてまた口を持たぬ死者となつてゐた方が現在の連衆には幸でもあつた。

　約七十条整然と立てられた畝に丹念に種子を播き木灰と篩ひにかけた腐葉土で覆ひ、明日か明後日の雨を予想して撒水はざつと如露で済ませる。貴船一家は九星花苑の南西にある四阿《あづまや》で高見の見物、左東子が畠中央の噴井のポンプを押して用意の桶に絶えず水を満たすのが精精の手伝ひであつた。未雉子は日も照らぬ空に手で目翳しながら老若四人の種播人を眺め、七曜は石卓に頬杖して沈思黙考の体、恐らくは連衆の中のまた一人を欠いた今宵の宴の次第を熟慮中なのであらう。立春の二七日《ふたなぬか》、彼の中有《ちゆうう》に迷ふ魂は何を見てゐるのか。杉の梢を風が渡りその名残はつむじになつて四阿に及び、未雉子のこころもちしどけなく開いた裾をはためかす。やや殺下《さいか》の兆を見せる頬、仄かに黛色の隈を描く目の縁、明らかに身籠つてゐる。常常薄絹一重を隔てたやうな父と娘の仲、立入つて訊くのもためらはれるが、何となくこの一、二年飾磨家の正午に思ひをかけてゐる風情もあつた。彼がその子の父ならばさして案ずる要もあるまい。一方仮に往来頻であつた立春が相手ならば若後家、それも紅に染めるすべもない赤い信女、最上家が何と言はうと子は闇に葬り、何食はぬ顔で真菅杏八に押付けるのも一案ではあるまいか。女にかけては辣腕と聞き及ぶ杏八にはむしろ毒を以て制する毒、麻薬苑の後継者に擬するのもよからう。入婿として迎へよう。幹右にはまだ今年十九歳の次男桃左九《たうさく》もゐること、花舗の次代に憂ひはないはず。撒水を終つた杏八が法被を脱ぎながら噴井に近づく。五十米ばかりを隔ててはゐるが未雉子に情の籠つた眴《めまぜ》をして憚りもなく上半身を露はにし、濡手拭で胸や腋窩の汗を清める。毛深い身体から泌み出る男の臭ひが風に煽られ、未雉子は面を背けた。嘔吐を催したのではない。不意に唆られるものを感じ同時に立春の面影をその厚い胸板に幻覚したからである。未雉子の、翳る横顔を左東子は目の端にとらへてゐた。すべて母親に生写しと人にも言はれる未雉子の、喜怒哀楽を鋭敏に反射する頬から顎の線が、この頃の窶《やつ》れでにはかに険しくなり、どこか空水に似通つて来た。最後の芒種の宴の歌合に忍恋《しのぶるこひ》の歌を出しあらぬ人と番へられつつ別れて二年目、左東子は七曜旅行中の涅槃会前夜呼出されて翌日この昴山の麓で逢つた。廃園同様に荒れ果てた貴船九星花苑には風花が舞ひ、申訳に植ゑた蓖麻の立枯が虎落笛《もがりぶえ》めいた風音を立て、二人は火の気もない別荘の客間でひしと寄添うた。明日砲煙の彼方に発つといふ空水に餞けるものはおのが肌しかなく、左東子は生別れを念じつつ目を瞑つて横たはつた。翌日七曜は十日余りの講演旅行から帰り家苞《いへづと》の地酒と常にもない左東子のなまめいたもてなしにたちまち酔ひ痴れたが、未雉子の生れたのはその年の臘月、二十四年の霞と霧に紛れて二夜のことは定かではないが、未雉子の顔は次第にヴェールを剝いで左東子の来し方を匂はさうとしてゐる。その未雉子が同様の轍、否さらに呪はれた軛《くびき》にかかり、死者の子を孕んでゐるのではあるまいか。あるひはまた空水の縦横に張り周らせた網の一端、弟子空晶の得体の知れぬ魅力に惑はされて虎児を宿したのだらうか。師弟共共に梵妻を入れず表は不犯を銜つてゐるが、いざとなれば逆手を取つて否応なく庫裡へなりと離室へなりと迎へさすまでのこと、父母以上に賢《さか》しい未雉子が転んでただで起きる気遣ひはあるまい。

「一応これで終了でございます。大変手間取りまして。今年は一体どこから紛れ込んだのか藪華鬘《やぶけまん》や草山吹があちこちに芽を出してをりましてね。すつかり退治するのに手間を食ひました。どちらも罌粟の一族で毒草ですがまことにしぶとい奴で放つておくと肝罌粟まで逐ひ退けてしまひます」

主水の声に四阿の三人ははつとわれに還つた。一瞬視線が宙に絡みあひ蒼白い火花が散る。まだ半裸のままの杏八が法被と鍬を肩にそろそろ引揚げる姿勢で呟いた。顔は未雉子に向けてゐる。

「他に黄華鬘、それからこの一属の王女格で華鬘草。綺麗な花だがプロトピンとかいふ毒をたつぷりもつてゐるさうで。鉢植にでもして愉しんでゐる間はいいが取つて食はうなどと不心得を起すとたちまち嘔吐痙攣、怖ろしい花もあつたもんだ。罌粟の血縁は油断も隙もありませんぜ、ねえ未雉子さん」

未雉子の目に冷い光が奔つた。

「何か仰つた？ 杏八さん。華鬘の御講義なら改めてお寺へ行つて伺ふから結構ですわ。この間も青蓮寺の別院でお葬式の時、内陣にびらびら下つてゐるのを和尚様が片手で薙ぐやうにして歩いていらつしやつた。まるで杏八さんが花街《いろまち》をお練りになる時みたいに。さ、皆様お疲れでせう。あちらでとりあへずお三時でも」

軽くいなされて苦笑する杏八を先頭に一同はそろそろと館に引返す。噴井の傍には道生が取残されて顔を洗つてゐた。ポンプの柄に引つかけたタオルを取らうと濡れた顔を振り振り手探りすると、横合から未雉子の声がかかつた。

「鬼さんこちら、そんな汚いタオルで拭いちゃ駄目。トラホームになるわよ。これをお使ひなさいな」

　薔薇模様紋織の華やかなタオルがふわつと道生の肩にかかる。仄かにラヴェンダーの香が流れた。

「うわあ、勿体ない。顔が腫れらあ。ぼくはこつちでいいんです。第一後がこはいや」

　童顔にも似ぬ減らず口に未雉子はいささか鼻白んだ。

「あら何がこはいのか知ら。人聞きの悪い。タオルくらゐを条件にあなたに無いものねだりなんかしませんわ。びくびくせずに素直にこれでお拭きなさい」

　道生はわざと胸をはだけてゆるゆると鳩首まで拭き下す。不敵な目つきであつた。

「無いものはねだられても構はないけど有るものを狙はれると困るんだ。それにこのラヴェンダーの匂は男性用でせう。誰かのお古ぢやないかな。ぼくは初物食ひでしてね」

　未雉子の頬が微かに蒼褪めた。

「生意気ね、あなたつて。ラヴェンダーは父のオードコロンよ。初物がお好きならそろそろ昴山の中腹の栂林のあたりに天狗茸が出る頃だから沢山召上れ。まだ生きてゐるところを見ると食べたことないんでせう。ああさうだ。あなたは飾磨沙果子さんと高校まで同級生だつたはずねえ。あなたの方が一つ下だけどたしか一月生れだから。口説かなかつたの？」

　道生がせせら笑ふやうに答へる。

「あれもお古。最上立春さんに先手を打たれましてね。高校の頃は色が黒くて色気はゼロだつた。いつの事だつたか見違へるくらゐ美人になつたのを見て菓子の配達の途中尾行したら、突如彼が現れましてね。縺れるやうにどこかへ消えたつてお粗末。どの辺まで行つてたのやら。あつこれは要らぬことをお耳に入れましたね。彼氏はあんたの方が先口だつたのか。でも妬くに妬けないや。もう仏様なんだから。いつそのこと飾磨さんとこに居候してゐる豪傑の空晶とか結晶とかいふ中年の小父さんに乗替へたら如何。見たんですよ。未雉子さん。この間、それ十五夜の前の前、うちぢや十三夜を造るのに大童の日だつたかな。先生の後をつけてクリスタル・ホテルの前を歩いてたでせう。ああいふハードボイルド型の四十男つてのは年増好みなんだなあ。もつともあの人は女なんか人間の他と言ひたいやうな感じだけど」

　このやうな若僧に翻弄される忌忌しさに未雉子はわれにもなく逆上しさうになつた。痛烈極る捨台詞の一つも叩きつけたいところをぐつと堪へて声を落した。

「私など女の他なんでせう。誰も相手にしてくれないわ。いいのよ。一生独《ひとり》でゐますから。第一滅多な人と縁に繋れる身の上ぢやなし。その昔のフリーメーソンの党員同然ですもの。その点はね道生さん、申上げておくけどあなただつて例外ぢやないのよ。あまりお喋りが過ぎると破滅のもと。いづれ身に沁みることもあると思ふわ。覚悟なさつてゐた方がいいやうね」

　道生の顔が急に引緊り手にしたタオルをそそくさと畳んだ。薬が利き過ぎたかと差し覗く未雉子に悪びれた微笑を向けながら手早く身づくろひを終へる。薬指を剃刀で削ぎ噴き出る血を紙に捺した二年前のある日の光景が蘇るのであらう。「婚姻、縁組に関る一切は連名者全員の賛意を前提として取運ぶ事」さもなくば何が待つてゐるのか。道生はまだ知らない。その禁忌を立春は知悉してゐたはずであり、賛意を得られるか否かも予測してゐなかつたとは思へない。まして父の天道がどうして見逃さう。道生は背筋に冷たい汗の伝ふのを感じた。無言で花苑を出て行く後姿を見送る未雉子の顔には、やつと余裕を取戻したのか妖しい笑みが浮んだ。見霽《みはる》かす罌粟畠は水を吸つて黒紫色に鎮まり返り、どんよりした西空の奥に月のやうな太陽が微かに見える。

　帰つてみると真菅家の四人は化粧室で装束を改めてゐるらしく、半開きの扉の隙には赤銅色の杏八の背中がちらちらし主水が濃紺の唐桟に手を通すのが隠顕する。

　化粧室は玄関の右手、浴室の脱衣場を兼ねて三畳分、等身の鏡が鈍色に光を沈めてゐる。玄関の左に応接室、簡素な卓と椅子だがすべてデンマーク製、稀に罷り越す来客用に準備した六畳相当の洋室である。これと背中合せに十畳見当のこれも洋風の客間があり内輪の者の集る場所、隣は八畳の座敷であり間の襖を取払へば十名余りの宴にも恰好の広さになる。二階は七曜の書斎と左東子、未雉子の居間を取り階段は裏表二つ、客間へは玄関からは見えぬ奥の廊下伝ひに入る仕組みでいかにも廻りくどい秘密めかせた設計である。もとより公的な来訪者の始終あらうはずもない別荘にかうも複雑な翳をもたせたのは一に七曜の性格によらう。同時に未雉子がはしなくも洩らした一言、秘密結社を反映したのでもあらう。

客間の壁は空色に染めた伊太利檀紙を貼り詰め、銀製のロココ風の額縁に納めた絵図が四、五点飾られてゐる。床はまだ夏用の未晒黄麻厚織を敷き、部屋隅には小型の空気調節装置が鈍い音を立ててゐる。室内には小卓三つ、榻《たふ》、ストゥール、ソファが無雑作に計十余りばら撒いてあり、四人の男は思ひ思ひに座を占めてゐた。主水は唐桟、幹右は吉野織でそれぞれに上物の小倉の角帯、盛装とはやや隔つた身なりでしかも凝つてゐるところが人柄をしのばせる。若者二人は長袖シャツにスラックス姿だが杏八は鮭色、鳶色の上下の対照、道生は上下消炭色一色で黄のスカーフを辛うじて見える程度に覗かせてゐる。一様に先刻の労働者の姿を一変し見違へるやうな眺めながら、少くとも杏八あたりは法被股引姿の方が一段と冴え、今の風体は十把一紮の巷の兄《あにい》、その点は道生の方が曲者であつた。

　左東子が紅茶を配り未雉子がクッキー入りの籠を配る。

　カップは最近の九谷と覚しく、それも濃緑の地に白罌粟が一輪浮き出した図柄。緑釉、白釉の滲み合ひが花弁の皺を描き蘂には微かに銀粉を散らしてゐる。

「ほほう、近頃お誂へですかな。『羽もぐ蝶の形見』とは結構な御趣向。はて立春さんは誰の杜国《とこく》でしたやら。それにしても早手廻しな」

　主水が濃茶擬きにカップを廻して啜り飲み、裏を返してしげしげと見入る。

「まさか、真菅屋さん、そりや読み過ぎですよ。別誂はしましたが頼んだのはこの四月。第一杜国なら生別《いきわか》れでせうが」

　七曜が苦笑しながらクッキーを摘んだ時玄関の方で鰐口の音がした。

「杜国か竜陽君《りやうやうくん》か知らないけどお越しになつたやうよ。私見に行きます」

　未雉子が裾を翻して出て行きしばらくすると二、三人の足音が聞え、扉の向うから天道の顔が覗いた。

「少少の遅刻御容赦を」

　橄欖色の端正なスーツに身を固め左手に扇、後を振返つて合図すると空晶の髭面が現れた。白麻の服に群青盲縞のシャツ、右手には胴乱を提げてゐる。

「これでも畠の方のお手伝ひをするつもりで出先から車を飛ばせたんですよ。ところが祝沢の手前で車を返して堤伝ひに沢へ入つたら荆三稜《うきやがら》を見つけましてね。これは通経剤になるから最上薬草園へ移植してもらつたらと思つて二、三株採集、帰り際に例の爪先上りの道を森の中へ入つてふと見ると敦盛草の群落が見えるぢやありませんか。あれは深山のものだが森まで下りて来たのかな。さすれば熊谷草も後を慕つてどこかに生えてゐるかも知れん。この次一度出直しませう。おおさうだつた。それで随分道草を食つて道へ出たら丁度義兄貴《あにき》が車を降りるところで遅刻の仲間入りをしたつてわけ。ああ咽喉が渇いた。早速このクイーン・マリーを一杯いただかうか。未雉子さんお代りを頼みますぜ。いや砂糖も檸檬《レモン》も御無用。ブランデーも邪道のうち」

いつもながらの傍若無人な長台詞、毒が無いので一同煙に巻かれてゐるが未雉子の目は鋭い。

「同じ家にゐながらいつもお二人方違へしたみたいに別別の方角からお越しになるのね。それもお愉しみでせうけど。それ以来どこをどう彷徨《さすら》つていらつしやつたのやら。一度くらゐ御連絡下さつても罰はあたらないはずですわ。何食はぬ顔で敦盛に熊谷ですつて？　季節外れの顔見世ぢやございますまいし。陣屋の段どころか嫩葉《ふたば》で枯れた人もゐるんですからねえ」

とぼけた顔で横を向く空晶に代り天道が口を添へる。

「さうびしびしきめつけ給ふな。この人にはこの人の苦衷がありますよ。家にゐりや須弥たちも色色質問攻めにするだらうし、つい情にほだされて無用のことを洩らしてはと逃げ廻つてゐたんでせう。なあ空さん。この私自身が行方を知らなかつたんだ。何とか言へよ」

空晶は胴乱を廊下に出し大きく深呼吸すると突然、

「未雉子さん頞儞羅大将はどこへ行つたか御存じないかな」

と妙な質問の矢を放つ。咄嗟に棒立ちになつた未雉子はくるりと振返り、ややあつてあどけない笑みを浮べた。

「頞儞羅？　さあ。それひよつとしてあの不細工なお人形のことでしたら立春さんのお棺に入れて焼いてしまつたはずですわ。やはり出所はあなたでしたのね。別にこはい顔をなさることはないでせう。あとあとうるさいことにならないとも限らないんですから、感謝していただいてもいいんぢやございません。それとも他に何か」

空晶が口を開く寸前にまた鰐口が鳴り、このたびは最上清明の到着であつた。

清明の挨拶が済むのを待ちかねたやうに未雉子が今の応酬を再現して聞かせる。

「立春の遺骸の枕上に転つてゐましたのでね。未雉子さんが気を利かせて人の気づかないうちに他へ匿しておいたんです。さうするとやはり」

清明は空晶を斜交に盗み見て独合点した。

「やはりとはどういふ意味か知らんが、あれは立春君が中国へ発つ前にお守代りに貸してあげたんです。あれ一つがどうかうといふわけぢやないが、十一体残つたのが半端物になりますからな。未歳の摩利支天、霊験あらたかなはずだつたのに……」

空晶の言葉は不得要領だつた。その隙を未雉子が巧に衝いて攻勢に出た。

「あらたか過ぎて頓死なすつたんでせうよ。お棺に入れるについてはお兄様の御裁可もあつたものの、もとは私の進言ですわ。及びもつきませんけど代りの像をお造らせになつたら如何、私弁償させていただきます」

空晶はその言葉を弾き返すやうにきめつけた。

「鎌倉初期の出来でしてな、御配慮は忝いが願下げにしませう。大和の赤膚焼の窯元に一人名工がゐるからそれに頼みます。空水和尚の朋友で小さな陶仏を趣味で焼いてゐる。和尚が年二、三度纏めて開眼《かいげん》供養《くやう》を修するとか聞いたがこの彼岸の結願には出向くんぢやなかつたかな」

この時ふたたび三度玄関の鰐口が鳴つた。この他に誰を招いたのかと互に目顔で探りあふ中に空晶の声が一座を圧した。

「その空水和尚を天道さんと私の計《はか》ひで誘ひました。貴船の御主人、お認め下さるでせうな。御注文の罌粟図もぢかにお渡しするさうです。何もかもお見通しの、もとを尋ねれば最古参の一人。最初の会に頼んででも来てもらふべきだつたが、これは貴船家の御宰領、今更文句を言ふのぢやないが。それに中陰も済まぬ立春君への供養もあること、看経《かんきん》の導師は和尚を措いて他にありませんからな」

左東子が向うから深く頷いて見せた。七曜のこころもち曇つた顔を尻目に彼女は応へる。

「よくお招き下さいました。壁の額の絵はあの方の師匠の虚鏡様、主人の父の六紀と同じ年に亡くなられましたがさぞ花苑に心をお残しだつたでせう。未雉子早くお通しなさい」

決然とした声音のどこかが潤みを帯びてゐた。未雉子は父の方をちらりと見たが母に与する心根もあらはにいそいそと玄関に出て行く。

六紀は織部流を伝へる茶道の権威の一つ貴船家に生れ、その祖父蒼露、父靄天の名を恥しめぬ器量であつたが七曜は何かと六紀に逆ふ気質で一向にこの道を継ぐ様子がなく、父は半ば匙を投げて四十四歳の秋、分家の竜泉寺家から十七歳の左東子を養女に迎へた。六歳から厳しい稽古を始めた彼女は当時既に茶会では飯頭を勤めるほどの名手に数へられ、道具鑑定《めきき》にも並並ならぬ造詣を示し一門中の逸材と目されてゐた。六年後養女を一度除籍の上七曜の嫁として入籍、茶の名跡は左東子から未雉子へ伝へられた。未雉子も十二歳で既に盆点を了へ不時の茶会には母の名代《みやうだい》を承つてをり、十七で相伝、さらに他流の茶会にも身分を匿して出没、三千家上流《かみりう》に下流《しもりう》の藪内《やぶのうち》、宗徧、庸軒、普斎、松尾等諸流十二派の点前の異同特徴にも通暁するまでになり、織部流の名門一方の雄である埴科《はにしな》家の当主さへ大茶会を催す前には万端の相談に参ずるといふ。母系二代、普通ならば後指の一つも指されるところを逆に一目置かれるまでになつたのは二人の才腕もさることながら、やはり江戸時代専攻の学者として一家を成す七曜はもとより、空水、空晶など智慧者の陰の力も無視出来ないだらう。茶につきものの菓子に花、真菅両家の側面からの協力は言ふまでもない。

「招かれざる賓客《まらうど》と知りつつ推参いたしましたよ。お邪魔だらうが目を瞑つて末座を汚させて下さい。生きてこの館に見《まみ》えるのも仏縁、いやここにござらぬ死者の御配慮でせうて。赤煉瓦の壁に青蔦のアラベスク、水に映したなら血の池地獄に蒼氓《さうばう》の萍と見えませうな。一一挨拶は差控へますが皆さん御機嫌麗はしうて何より。寺の方は役僧の風輪にまかせて今日は何が何でもと罷り出ましたが七時過ぎには迎へが参ります」

入つて来るなり空水は立つたまま説教口調の重苦しい台詞を並べた。いかにも翁さびた風貌口跡ながらまだ五十三、白髪白髯と渋い低音が彼を還暦以上に錯覚させるのだがよく見ればさすがに皺一つ無く、略式の法衣の下には脂の乗つた二の腕、葷酒《くんしゅ》の存分に行渡つた男臭さもふと鼻を衝く。老成は三十前からのこと、まだ得度も間もない頃にさへ分別臭い警句を吐いて師の虚鏡を苦笑させたものだ。十七の左東子が養女に行く時二十三の空水が「昭君」を餞に謡ひ、貴船家に落ちついてから何の気なしにそれを七曜に告げると露骨に顔を顰めた。空水の痛烈な諷刺に気づいたのはその後の事である。王昭君はいさ知らず私は命は絶たぬ。少くとも匈奴ならぬ貴船家は宋胡禄《すんころく》の茶碗、紹鷗《ぜうおう》節止《ふしどめ》の茶杓、鶴首の茶入等身分に過ぎた贈物を添へ礼を尽せるだけ尽しての迎へであつた。亡舅六紀の温情と知遇だけは終生忘れることはないと左東子は恃むところがあつた。

空水は転《うたた》懐旧の情に堪へぬといつたおももちで壁面の額に近づいた。

「これはこれは虚鏡和尚の方陣花苑図、見事なものだな。虚《おほぞら》の鏡に映る魔方陣暦法、五黄中宮で南北が逆か。一白の子は午に代るが九紫は子も午もない。この一座で一白の午はたしか飾磨天道さん。それはさうと花苑の泰山木は健在だとか。聞くところでは夏の一劃は今もこの通りに保たれてゐるらしいが、ゆかしいお心がけ。師匠に代つてお礼を申します」

空水は勿体ぶつた挨拶すると一座をじろりと睨《ね》め廻して一脚の椅子にやをら腰を下し、

未雉子の差出す紅茶をおし戴き称名を称へつつ飲み下した。未雉子は空水の言葉を反芻する、呟きは唇を洩れる。

「虚《おほぞら》の鏡に映る魔方陣暦法、五黄中宮で南北が逆」

さう言へば暦法の南北は南上北下、618 753 294は一が子で南、九が午で北、七酉西、三卯東。虚鏡描く方陣花苑図はまさに空水の指す通り、対面の鏡に左右逆写しとなつたのではなく、斜の天に映じた倒立図であつたか。一を午の南に変へるための詐術、それは何を意味するのだらう。天道の一白の午歳生れはこれにどう絡むのか。一が午なら六は未と申、暦通り九を午とすれば二が未、申、そもそもこの倒錯はいつに創まつたのだらう。目を宙に裾ゑてゐる未雉子の後から左東子がしづかに近づいて耳打ちした。

「お料理が届いてるのよ、未雉子。紅茶を差上げたところだからこの辺で軽い晩餐を召上つていただいて、飯後の茶事といふことにしたら？　客間の方へ朝妻の板前がざつと配膳してくれてるから御案内してもいい頃なの」

未雉子はたちまちわれに還つた。一同の視線の集注した極彩花苑図の前にすらりと身を移し、八人の客を見廻すやうに斜《しや》に構へると、

「逆様事《さかしまごと》ついでに皆様いかがでせう。御法要も逆順にして先に膳におつきいただいては。いいえ全くのお口汚しの一汁三菜、お精進ですから虫おさへ程度、後でお経やお説教を

聴聞するのに差支へることもございますまい。さ、どうぞあちらへ」

　唱ふやうにかう告げると先に立つて襖を手早く開放つた。空腹でいささか不機嫌になつてゐた杏八、道生が先づ中、老年組を掻分けるやうにして座につく。おのづから席次は年齢順、左側は主水、幹右、清明、杏八、道生。右は七曜、空水、天道、空晶、左東子。中央正座に立春への陰膳、末座やや離れて亭主役未雉子の席。朝妻荘の分家が営む「会席・朝妻亭」が趣向を凝らした一汁三菜に預け鉢、強肴《しひざかな》、すべて精進向に纏めるとなるといささか極《きまり》も破らねばならぬ。飯は尾花粥、それも文字通り薄の幼い穂を焼いて煮込んだ黛色の粥、向付は丸につかねた木耳の黒和へを紅染の湯葉に載せて花札の名月を象り、吸物は滑茸の清汁《すまし》に金木犀の蕾を散らして池の黄葉《もみぢ》、煮物は銀杏と焼豆腐の葛引、焼物は裏漉の栗を拍子木に固めて白味噌の田楽に仕立、八寸が胡桃の空揚に秋海棠の蘂をほぐしてふりかけ女郎花の趣、鉢は胡麻豆腐と青紫蘇の穂、肴は梔子で鮮黄に染めた秋薔薇の蕾の甘露煮に糸蓼をあしらひ、菓子は真菅屋の「飛雁」、彼岸と落雁をかけた銘菓で煎つた榧の実を七、八粒づつ道明寺で包みこころもち塩をきかせてある。ためすがめつ一一首を傾げて検分してゐる主水は恐らく相談に与りいささかは智慧もつけたのであらう。もとより腹の足しになるやうなものは一品もなく、若者二人は瞬く間に平げて手持無沙汰の風情、左東子は別に用意した黒豆の強飯《こはめし》に酸茎《すぐき》を添へてすすめる。

七曜が黒文字を使ひながら誰にともなく言つた。

「尾花粥とは考へたものだな。昔は八朔に疫癘除けを祈つて食したといふことだが、私は焼跡に坐つて啜つた薄い粥を思ひ出す。涙の味に煤の臭ひ、いやこれは風流の艶消しだ。心の病を除ける食餌はないものかな」

顔は天道の方に向いてゐた。天道は淋しい微笑を報いただけであつた。須臾の沈黙を破つて空晶が言つた。

「心の病のためにはそれあの罌粟がある。一茎一果、慈悲の乳漿凝つて喫すれば臘縛《らふばく》の即身成仏、われらは皆その奇蹟を現ずるための月下氷人。なあ義兄さん、これ以外に薬はないでせう。アメリカぢやコカインの原料の古柯を清涼飲料水に使ひ、赤葡萄酒に葉を六パーセント加へて酒を造つてゐる世の中に、どうして阿片だけが罪業の因として睨まれるのやら。痴かなことだ」

誰も応へるものはない。もつともらしい意見だが聞いたとてどうなるものではないと心中苦笑してゐるのだらう。立春の陰膳に先刻から銀蠅が一匹まつはつて尾花粥を入れた堆朱の椀の縁を歩く。来て以来ほとんど口を開かず手持無沙汰にしてゐた清明が短く刈つた頭を傾げるやうにして空水をうかがつた。

「先程方陣花苑の絵を虚の鏡に映つた倒影と仰いましたね。暦には蒙《くら》いのでにはかには解けませんでしたがなるほど私もうろ覚えの九星図とは天地が逆、その昔初めて造られた頃からわざとさう配分されてゐたのでせうか。当時の御当主のお好みか何かで」

もつともな質問であつた。少くとも清明、未雉子、杏八、道生ら二十歳台の連中にとつては罌粟園すら創設時は知らず、まして方陣花苑の往昔など謎に包まれてゐる。その経緯沿革を説き明されたこともなかつたのだ。

未雉子の目がきらりと光り末座からおもむろに膝行《ゐざ》りつつ陰膳に近づくと、さりげなく懐紙をひろげてはたはたと蠅を追ひ放つた。目は空水を斜交に見つめてゐる。空水は未雉子を一応は目の端にをさめながら清明の方に向き直つて低く応へる。

「飾磨さんが十三の歳だつたかな。知恵を授りに母御と虚空蔵菩薩参詣に赴かれた。十三詣《じふさんまゐり》はまだあの頃欠かせぬ行事だつたよ。午歳は十二神将も珊底羅で午神、しかも本地は虚空蔵菩薩。昴山の峯続きに北へ十三里のところに太白山がある。麓の阿難院の傍の虚空蔵は霊験あらたかといふので諸国からの参詣者が絶えなかつたものだ。熨斗目を着たあの日の飾磨天道少年の姿が今も目に浮ぶ。虚鏡和尚は而立を一年過ぎ私は十七、貴船家の六紀さんは不惑に間があつた。七曜さんは私と一つ違ひの十八、思へば遠い昔のことだが……」

左東子が席を立つた。湯次《ゆつぎ》を取りに行くのであらう。その後姿を目で逐ひながら空水は言葉を継ぐ。

「藤若、百合若いや花月が生身で現れたやうな美少年ぶりだつた。飾磨さんの母御はその前年亡くなつた六紀夫人とは昵懇の間、滅多に遠出もされぬお人ゆゑ帰りにこの山荘を訪ねられた。四月の十三日だつた。十三詣の御縁日があたかも一周忌の翌日で法要の後の疲れ休めに男四人が集つてをつた。鰥夫《くわんぷ》一人童貞一人不犯《ふぼん》の師弟二人、母御はたしかその二、三年以前に赤い信女になつてをられたと思ふ。四人四様に飼ふ心中の煩悩の犬が生身の地蔵と観音に吠えかかつたのだ。忍ぶる恋か何かは知らず、その夕暮には一白の午への献樹を泰山木と決めた。それまでの、九星図をそのまま写した花苑は、虚空蔵と虚鏡にちなんで今の倒影に変へ、泰山木は男四人の悲願の象とした。したことはしたが……」

一同の目が天道の横顔に集つた。三十六年後の今日も端麗な眉目は少年時の名残をくつきりと止めてゐた。空水の曖昧なしかも含みのある話術にはぐらかされながらも清明は何か会得するところがあつたか軽く首肯して目を閉ぢた。杏八と道生は意味深長な目くばせを交し、未雉子は湯次を母から受取つて一座の一人一人の顔をうかがひつつ配る。左東子は動揺を隠して自分の席に戻り白檀の扇でたゆげに襟元に風を送つてゐた。

「秋成と西鶴が合作したやうなお話ですわね。でも聞くところでは飾磨先生のお母様は先生の十五の歳にお亡くなりになつたとか。煩悩か邪恋か存じませんがその犬の吠えたのも二、三年のことでございませう。あるひは泰山木、いいえ一白の午の周りをそれからもずうつととり囲んでゐたのでせうか。まさか、和尚様。それとも薬師如来の十二誓願とかも逆様にして転男成女の祈禱でもなさいましたの？　左東右西《さとうぜい》の逆地図は天に映つてもそのままですもの。母はまだその頃十一、お目にとまる折もなかつたでせうけれど天道、いいえ月をあざむくやうな美少女だつたとか。仏家の方方のお考へになることは在家の者にはとんと雲を摑むやうな。それはさうとそろそろ御回向をいただかなくては」

例によつて未雉子の賢しらな台詞にさすがの空水も二の句が継げず、左東子は青ざめ、七曜は怫然と横を向いた。薄笑ひを浮べて傍観してゐた空晶がこの時止めを刺すやうに告げた。

「十二誓願まで御存じなら蛇足とは思ふが未雉子さん、他に光明昭耀の願といふのもありましてね。実を申せば例の十二神将小像は虚鏡和尚から空水和尚にそれからこの私に伝授された因縁つきのものなんだ。胎内に光明を宿す秘仏、どこへ紛れようと必ずわかる。頞儞羅大将もいづれ輝き出ることだらうよ」

未雉子はしばらくうつむいてゐたがさつと顔をあげ、空晶の目をまともに見ながらかう応じた。

「まだこだはつていらつしやるの? ぢやあれには六白の光、金剛石でも胎蔵されてゐたのでせうか。なら明日にでも火葬炉を御検分になつたらどうかしら。炭素に還元してゐなかつたら目つけもの、御一緒しませうか」

語るに落ちたやうな言葉に空晶は鋭く絡んだ。

「落語の『らくだ』ぢやあるまいし、焼場へ行つてまで管を巻くことはないでせうて。それより明日花苑の海芋の根元を掘つた方が確実だと思ふんだが如何」

一瞬未雉子の顔色が変つた。唇を噛んで立上るとよろめく足を踏みしめて空晶に向き直り、

「御自由にどうぞ。その六白と一緒に白い花の白い粉を立春さんにお渡しになつた罪業の逐一も何なら明日海芋の前で告白なさいませ」

と言ひ捨てて後も見ずに客間を出て行つた。

第四部　白毫篇《びやくがう》

彼岸の結願は二十六日、終日の雨であつた。沙果子は合成サファイアの工場見学とやらに三日前から遠出、正午はさる新興都市の市立美術館の設計に赴いて泊り込み、須弥は実家二男の初子《うひご》誕生祝に朝から出かけ帰りは夜になるとのこと、飾磨家は天道が留守番役に廻つて午前《ひるまへ》までは寝室でうつらうつらと過した。

中日の昴山別荘行は家族の誰も知らない。あの日夜の八時過に帰宅した折も空晶とは乗る車も別別、家へ入る時間も空晶が一時間ばかり遅れることにした。未雉子の皮肉通り今様方違《いまやうかたたがへ》、密会めいた後味の悪さはあるものの空晶の淡淡たる挙止を見てゐると気も晴れる。翌日から須弥や正午と顔を合はせる暇も無く空晶はまたどこへか姿を晦ませ、天道は期末の諸行事で休暇中も学校に出る日が重なると家族とも入れ違ひの朝夕、団欒の機会もさらにない。その後の沙果子は宣言通り心機一転爽やかに振舞つてゐるらしいし、正午は相変らず悠悠と構へて一応は一家も平静に戻つた様子だが、それも一日歓びのたぐひ、どこかで何か引つかかるものがある。

昨夜は十二時廻つてから空晶も戻つた気配であつた。邪魔の入らぬ折を利用せねばこの間の話の続きもむづかしい。昼食代りのフランス・パンとサラミ・ソーセージを台所の戸棚から出して籠に入れ天道は離室を訪れた。

寝台に俯せになつて枕を両手に抱へ込み空晶はまだ半睡、細目に開けた戸の隙間から銀色の雨足が見える。声もかけずば天道は無慈悲に雨戸を開け放ちしばらく木犀の蕾に沁む雨を眺めてゐた。颱風の余波か時時突風が吹き過ぎ室内の空気はどんよりと濁つてゐる。空晶は蓬髪を揺上げながら天道の背を睨んだ。

「戸を締めてくれよ、義兄貴《あにき》。まだもう少し眠るんだから。どうも身体がだるくつていけない。中日に妙な懐石を食はされたせゐか胃の調子も変だしね。あんたはどう?」

首をもたげて上目《うはめ》づかひに天道を見る。人前《ひとまへ》とはがらりと言葉も変りまるで同輩扱ひ。その馴馴しさが却つてぴたりと板に付いてゐる。

「君は料理より未雉子女史の毒舌に中《あた》つたんぢやないのか。散散の為体《ていたらく》ではらはらしたぜ。火葬場がどうしたとか海芋の根元を掘り返すとかとんだ修羅場に立合ふのかと思つて冷汗をかいたよ。彼女も見事な悪女になつて来たやうだね。あれで三十過ぎたらどうなることか。おれもあの女宗匠に毒茶点前でも教《をそ》はりに行かうかな。ちつとは奸智も働くやうになるだらうから」

　天道も負けず劣らずの豹変ぶり、平素の温厚寡黙の仮面はどこへやら巻舌口調で口の減らぬことは愕然とするばかりである。どうやら睡気も消えたらしく空晶は寝台に大胡《おほあぐ》坐《ら》、天道の手からサラミ・ソーセージを奪つていきなり丸齧りしながら答へる。

「教はりに行くまでもないや。義兄貴だつて相当な悪《わる》だもの。それはさうとあそこの茶事も雑になつたもんだ。法要後廻しの懐石は空つ腹に忝かつたし、まあ茶室ぢやないから四角四面に作法通りとは言はぬにしても、いきなり二の膳つけて汁も吸物も八寸も強《しひ》肴《ざかな》も一緒くた。田舎の婚礼はだししたぜ。最後に湯次《ゆつぎ》を持つて現れるたあ一体どういふ洒落だよ。笑はせらあ。織部流の達人の母娘《おやこ》がぐるになつて客を白痴《こけ》扱ひにしやがる。なあ、少くとも一昨年《をととし》くらゐまではあそんざいなやり方ぢやなかつたよなあ、それに吸物も八寸も出しておきながら酒盃はいつかなお目にかかれず、法要が終つて濃茶も済んで、さてこれから念入りな後段《ごだん》でも始まるのかと思つてたらもう薄茶、あつと言ふ間に亭主が露地へ出て打水してるんだ。余計な事だけやけに作法通りで大事なところは滅茶苦茶に手を抜くんだから。行末が思ひやられるね、全く。行末と言つたつてあの罌粟播きも後精精四、五年続けばいい方だ。真菅の爺様二人がゐなくなりや御破算と思ふな。こちらも足下の明るいうちに身を退くべきだらうぜ」

空晶は齧りさしのソーセージを天道に返して煙草をくはへた。天道は硝子障子を締めて空晶の傍に腰を下す。寝台の軋る音がした。大分傷んでゐるらしい。

「こちらで脱けなくとも先方が除名してくれるだらうよ。何しろ加盟を許されたのももとはと言へば貴船君のたつての推輓だつたんだからな。先生の威光も新世代の勃興で日増に影が薄くなつてゐるやうだ。下剋上の世の中さ。ま、年寄連衆がくたばつても事によると若い人人が案外うまく経営してゆくかも知れないぜ。もつとも未雉子女史を完全に牛耳るほどの男が現れたらの話だが、これは一寸無理な注文かな。それはさうと君も意外に茶道に詳しいぢやないか。茶禅一如《ちやぜんいちによ》の偈《げ》の通りいつの間にかみつちり修業してゐたんだな。さすが道元の徒だけあつて空晶を空華《くうげ》におきかへる才覚には兜を脱ぐよ。そのドウゲニアンがどうしておれにも知らさずに立春君と外で逢つたりヘロインをのませたり十二神将を貸したり妙な暗躍をしてゐたんだい。一度その辺を篤と承りたいものだ。近くて遠いおれたちの仲、肝腎な談合は市内のホテルで密会でもせぬ限り壁の耳や障子の目がこはくつて出来やしない。今日は稀なる好機だ。さ、聞かせてもらはうか」

　空晶はふたたび寝台に寝転び問ひかける天道の肩を摑んで強引に傍に引寄せた。天道は一瞬抗つたがせうことなく苦笑を浮べて意に従ふ。長長と大の字に寝そべつた男二人は危く滑り落ちさうになり慌てて抱き合ふ形になつた。

「御希望ならどこのホテルへでもお伴するぜ、義兄さん。かうして抱合つてるのも乙なもんぢやないか。紅くなるなよ。こつちが照れらあ。一茎一果の白罌粟の秘密を頒ち合つた党員同士、いつそのことこの世の外の悦楽も教へてやらうか、もう一つ。葉隠衆道、三年心底を見届けて後に契れのその三年はおろか、かれこれ十三年の忍恋だ。いやなに忍んでゐたのは義兄貴の方さ。この方の精神分析なら専門家を横において烏滸《をこ》がましいがおれに任せとけよ。いやこれは冗談だがあんたもやつぱり未雉子巫女《みこ》の口寄せに誑《たぶらか》されたやうだな。ヒステリアの昂揚状態で吐き散らした世迷言に信憑性の無いことくらゐ、それこそスペシャリストのあんたにはお見通しだらうと思つてゐたがあて外れか。ぢやおれが立春を殺したとでも考へてゐるのかい？」

空晶は仰向けになつた天道に語りかけた。ナイト・テーブルの煙草を手探りで取ると空晶が火を点けてやる。

「大きな声をするなつて、鼓膜が破れるぢやないか。それにもういい加減そのパジャマ洗濯させろよ。臭いぞ。いいや後でおれがその下のものもみんな洗つてやらう。何しろ押掛若衆の据膳だ。念者たるもの情を尽さなくつちや冥加に余る。いやまた脱線、別にそこまで単純にあのヒステリー娘の指嗾に乗つちやゐないさ。ただ魔女には魔女の直感がある。彼女らは理外の理を本能的に悟るんだ。いたづらに焚刑に処するのも考へものだらうて。ただね、あの日の面面は小耳に挟んであんたを色目で見始たんぢやないかな。爺さん連中は空水和尚に心服してゐるから弟子のあんたにも一目置いてはゐるものの、若い連中は事によると後後未雉子女史を囲んでその後日譚か真相曝露の一席を聴聞するかも知れないぜ。その時また彼女何を口走るやら」

まことに天道の言葉通りであらう。あの中日も空水和尚の三部経が終つて夕方の六時過ぎから茶室で濃茶を振舞はれたが、三三五五躙口をくぐりながらも杏八や道生は空晶の方を盗み見て囁き交してゐたやうだ。空晶の言つたやうに未雉子が型通り露地に打水をして客を送り出したのが六時過、客間でまた一しきり話が弾み空水はふたたび方陣花苑図を一一指しながら虚鏡の子午顚倒の絵解を復習した。七曜と左東子は興味も無ささうに後の方で時時欠伸を洩らし、天道、空晶はこれで時間が潰れる方が無難と腕を拱いてゐた。未雉子が機微に触れた質問を試み、それがふたたび立春の死因に触れさうになつた時、空晶が独言のやうに「わが仏隣の宝聟舅」と称へると横合からすかさず「天下の軍人《いくさ》の善悪」と和する声、左東子が扇を口もとに翳して微笑してゐた。茶席の戒めであつたが今日の未雉子はいささか言葉が多過ぎるとの諷刺を左東子も同感したのだらう。当の未雉子もさすがに省るところがあつたか急に無口になり、一同に煎茶を入れようと席を外した。空水に迎への車が来たのが前言通り七時、清明と主水父子はこれに同乗、向うへ着いたらもう一度引返してもらふやうに頼み、残る四人が相乗で帰ることに手筈は調へた。

　空水は帰る寸前にはかに思ひ出したやうに袱紗から三枚の色紙を取出し恭しく七曜に手渡した。罌粟三彩図、李賀の「四月」李商隠の「牡丹」芭蕉写しの「白罌粟」を賛に入れた鮮麗な一枚一枚を七曜は目を輝かせてあらためた。来月名残の茶事を本宅で催す際に飾ると言ふ。一体カフェインとモルヒネとがどこでどう結びつくのかなどと杏八があとで穿つた疑問を洩らしたが、空晶はにやにや笑ふばかり、招かぬ客だつた空水に七曜はどうしてわざわざこれを依頼したのか。それも空晶を仲介する必要がなぜあつたのか他の者には一向に要領を得なかつたが、客の下向で一しきりざわざわして話題にする暇も無く、四人が一先づ引揚ると七曜はそそくさと色紙を納つた。残る四人の客も別に今一度拝見と所望する気にもなれず一瞬瞼の裏を彩つた華やかな色彩を反芻する。いつの間にか未雉子は居間に引取つて姿を見せぬままに時が経つた。

　車が戻つて来た気配に残る四人が表へ出、七曜、左東子がこれを見送る。雨気を含むなま暖い風が頬を撫で別荘の灯明りが潤んだ光を放つ他は真の闇、その闇の中で息づいてゐる罌粟畠の数万の種子を思ふと天道は慄然とした。車に乗込む寸前に急に未雉子が姿を現しゆらゆらと近づいて来た。暗がりで判然とはせぬがひどい疲れやうで唇が白けてゐる。それでも淀みのない口上で遠来の謝意は述べかうつけ加へた。

「とつくにお察しと思ひますけど私赤ちゃんが出来ますの。多分来年の三月の初め、上《じやう》巳《し》の頃か知ら。名前を人様にいただくのは大嫌ひですから自分でつけます。男の子だったら李《すもも》に数字の九と生れるで李九生《りくお》、女だつたら生を子にして李九子、いかがでせう」

目は明らかに杏八に注がれてゐた。七曜夫婦の狼狽を尻目に未雉子は言ふだけ言ふと進み出て車の扉を開けて目顔で促す。四人は気圧《けお》されて返す言葉もしどろもどろにシートへ這ひ込んだ。杏八は助手席、その窓から覗いて彼は精一杯の応酬を試みた。

「三月上旬ぢや李も杏も咲いてゐませんぜ。啓示か弥生とでもなすつちや如何。お七夜には主水伯父にさう言つて節分の豆を使つた五荷棒《ごかぼう》でも作つてもらひませうや。二百日も済んだ頃だし」

声はこころもちかすれてゐた。車が出てからも杏八は一人でぶつぶつと未雉子の言ひ草に難癖をつけ、後のシートの三人に相槌を求めた。幹右が傍の二人を憚つてぴしやりと引導を渡す。

「黙りなさい。別にお前がいきり立つこともあるまい。誰様の子をお生みにならうとわれわれの知つたことか。それともお前には何か覚えでもあるのかい」

杏八は青菜に塩、悄気《しよげ》返つて二の句も継げず急に肩を落して呟いた。

「冗談ぢやない。ぼくは春の彼岸に花苑の除草と間引きに行つて以来顔を見るのは半年ぶりですぜ、小満の収穫に招かれた連衆の中に父親がゐるのさ。空晶さんあたり案外判らないぜ」

運転手は流しの見ず知らずで好好爺らしいがそれにしても口が軽過ぎよう。空晶は顎をしやくつて運転席の方を示し合図の瞬きをした。杏八はぷすりと押黙り幹右が低い声で「隅田川」を謡ひ出した。なるほど未雉子も狂女のたぐひ、父探しに迷ひ出るといふ謎かと天道は笑ひが咽喉元までこみ上げた。

その笑ひが今寝台の上で蘇る。空晶は肩を揺つて天道の顔を覗きこみ、

「気味が悪いぜ。思ひ出し笑ひつてのは。察するところ昨夜はどこかへ花月か藤若かを銜《くは》へ込んで味な夢でも見たかな。それにしても空水和尚もよくああまで喋つちまつたもんだ。十三歳の美少年一人に貴船七曜、六紀の父子、坊主が二人で計四人、鰥夫、童貞、不犯の師弟か。泰山木の形代《かたしろ》くらゐで収まつたのが不思議だよなあ。本場の筑紫、薩摩あたりなら刃傷沙汰だぜ、お負けにあんたのお母さんにまで気があつたんだからこいつは西鶴どころか希臘神話にもない筋書だ。かうして枕など並べてゐると二人の亡霊、二人の生霊《いきりやう》に呪ひ殺されるかも知れないや。殺されるくらゐならいつそ深い仲になつてからにしてもらひたいな。おれぢやお気に召しませんかね」

と殺風景な口説文句。天道は噴き出して、

「いや身に余る光栄。きみこそ二十二、三の学生連中の生霊に呪はれさうだ。大分取つて食ひ、食つては殺ししたんだらうから。うちの正午だつて危いもんだ。それはそれでいいとして、なあ空さん。未雉子の例の李九生とかいふ命名の謎をどうとる。勿論杏八がお目当だらうが奴さんは自分でも言つた通り五月の会には欠席だつたぜ。あの時は皆酔つ払つて泊つたんだから意馬心猿とまではゆかずとも、誘はれればさういふことになる機会はみなあつたな。七曜さん以外の男は疑つてよからう。あんたはアリバイがあるのかい」

と鋒先を逆手に奪ひ返した。空晶はせせら笑つて吐き出す。

「女史に強姦でもされれば別だがね。おれは彼女と前後して十一時頃席を外したからアリバイどころか一番疑はしからうて。立春君は泊らなかつたがこれも帰つたのが十二時前だからその意味でなら証明にはならないぜ。ならないどころか彼女の後を追つて外へ出たのをおれは見た。おれ自身は酔ひざましに花苑の囲ひの柵添ひに逍遥を試みてゐたんだがね。ところが見たものが他にもある。中庭の例の別棟の潜り戸から立春君らしい黒い影が忍び出て門の外へ出るのをな。夜目をも憚る風情だつたからおれも隠れてゐたんだが間もなく扉の閉まる音がして車が出た。走り出してから車を見るとやや遠目だが後のシートにもう一人乗つてゐるらしい。ライターの火明りに浮んでね。聞いてるかい！　自慢ぢやないが一町先の樹の蟬でも見えるこの目で確めたんだよ。あれは間違ひなく杏八。忍び出たのも考へて見れば杏八。それから十分くらゐして同じ潜り戸から未雉子女史が蹉跎としてお出ましになつたね。察するところ杏八は立春のダミーにされたんだ。いやさうでなくつちや今頃女史が身籠る気遣ひはない」

天道が聞き咎めて向き直つた。

「それはどういふ意味だい。立春君は……」

空晶は咄嗟に唇を嚙んだ。口が滑つた。相手が天道では二重の秘事もおのづから見透《みすか》したたらう。空晶の頰のあたりに紅が奔る。一瞬の含羞を隠すやうに空晶はやや声を高くした。

「御想像に任すよ。ところで女史が本宅の方の茶室の改造を思ひ立つたからといふ口上で正午君を招いたのがその十日ばかり後だつたな。行つて見りや彼女一人で模様変へのプランなど二の次。懐石には初めから酒がついて夕方だといふのに灯もともさずいきなりしなだれかかつたとか。正午君帰つて来てシャワーに飛び込んだらしいや。彼は据膳を食ふ義理がないものな。あれば二の膳でも三の膳でも平げたたらうよ。ところが立春には義理か因縁かがあつた。だが残念ながら食欲皆無。てんで受付けないんだ。好みが違ふのさ。彼が沙果子君と頻に逢ひ出したのはその頃からだつたね。これは一体どういふ筋書だと思ふ。あんたの領分だぜ。しつかりしてくれよ」

逆攻勢に天道ははたと当惑した。

「おれは心理小説など専門外だよ。お生憎様。どれ朝食代りの昼飯でも食はないか。それともこの淫猥な代物をしやぶつて寝てゐる気かい」

齧つた後のまだべつとり濡れてゐる太いソーセージを空晶の口に捻ぢ込んで天道は起上つた。伸びをしながらふと棚を見ると十二神将の小像が薄明りの中に勢揃へしてゐる。なるほど一体欠いて十一体、以前にも見た記憶がありり空晶の話にも出てゐたはずだが覚えてはゐない。先日の話題に上らなかつたら単なる室内装飾として見過してゐたらう。

「これが問題の不細工なお人形つて奴かい。未雉子女史の口吻もなかなか虚虚実実だつたがあんたも切札出さずに相手の手を読まうと虎視眈眈、一寸した見物《みもの》で手に汗を握つたぜ。中を刳《く》り抜いて金銀瑠璃玻璃《こんごんるりはり》でも詰めてあるのかな。女史はそれを嗅ぎつけてゐるらしいがどうしてだらう。千里眼なら警戒を要する」

天道は近づいて手に取つて見た。正午が通夜の翌日であつたか問はず語りに洩らしてゐた通り精精銚子大の陶製、落剝はあるが丹青を施して十二支冠をかむつてゐる。

「底に嵌込蓋があるから外して御覧よ。九星にちなんでそれこそ赤色赤光青色青光白色白光の宝石貴石が転り出すぜ。正午君には去年の暮だつたか一一出して見せてやつたんだ。

　それを例の据膳の折つい喋つたらしいや。女史が宝石狂で彼のタイタックの土耳古石《トルコいし》を絶讃して躙り寄るものだから扱ひかねて話題をそちらへ逸らさうとしたんだらうよ。立春君の持つてゐたのが中の一つだと覚らない方がをかしからうて。彼女は摩り替へて持つてゐるよ。なあに棺の中へ入れたつてのはゴム粘土か何かで作つた贋物さ。あんなもの手先が器用なら三十分で出来る。彼女は織部の窯元へ半歳ばかり焼物を習ひに行つたことのある半玄人だぜ。それに第一通夜から納棺の間立合つた連中は晴盲なんだから何も凝つて似せなくても易易と目を晦ませたらう。ところがお気の毒にそこへ並べたのがまた贋物と来らあな。ざまあ見ろさ。空水和尚の思ひ差しで拝領した十二体はちやんと別の処に秘蔵してある。それはこの間言つた赤膚焼、写真を見せて特別に作つてもらつたんだ。本物の方は入つてゐる宝石類だけでも締めて時価二千万は下らない。もつとも贋物にもそれ相当の人造宝石や代玉は入れてある。立春君に貸した頞儞羅には六白だから水晶の小粒が六つ。金剛石とはよく読んだね、彼女。もつともあの時水晶と言ふとばれるからさう言つたんだがね。といふことは一白、八白の像のどれかにはお目当の金剛石あるひは白金、三碧が土耳古石かラピスラズリ、四緑は緑柱石《エメラルド》か翡翠と釈いてゆくのは当然だらうさ。なまじ頞儞羅の水晶を見たばかりにな。それがたとへばここにある卯神の摩虎羅だつたら栓を抜いて転り出すのが模造翡翠。彼女目が肥えてるからたちまち見抜いて他の十一体の中味も問題にしなかつただらうに。ところが立春君は発つ時水晶は抜いて他の白いものを入れてゐたんだ。そこまで彼女は知つてゐたかどうか。何やら脅迫がましいことを口走つてゐたがあれは多分ひねくれ曲つた直感だらうて。おれが殺すなら他にもつと巧妙な方法があるからな。義兄貴もあまり浮気すると危いぜ。いやいや氷柱《つらら》で刺し殺したり空気を注射するなんていふ三文推理小説の種ぢやないんだ」

永つたらしい講釈の間に空晶はパジャマを脱いで素裸になり用簞笥から新しいバス・タオルを出した。

「おい、洗つてくれるんだらう。おれは一寸お宅の方へシャワーを借りに行つてくるぜ」

異臭を放つ下着をパジャマにくるんで神将像を物色してゐる天道の背に投げた。振向いた天道の前に獰猛な空晶の身体が立ちはだかつてゐた。タオルは手に提げたまま不敵な笑みを浮べてみじろぎもしない。天道はしばらく目を瞑つてから、

「シャワーも飯ももう少し後でいいだらう」

と呟き、カーテンを締めに行つた。硝子越の雨は激しさを加へ木犀の根元の秋海棠が

水浸しになつてゐる。はるかな正午のサイレンが真昼の黄昏の寝室に響いて来る。天道は急に睡気を催した。

「『後朝《きぬぎぬ》の夢違《ゆめたが》へてや初時雨』か。杜国の揚句だつたかな」

空晶は応へずに煙草に火をつけると深深と吸ひこみ、逆に持ち変へて差出した。吸口がわづかに濡れてゐる。


須弥が帰つたのは九時を廻つた頃、雨は間もなく上る気配である。雨ゴートを玄関の帽子掛に吊し、また外へ出て入れつ放しの夕刊や郵便物を一纏めに抱へ込み、式台に載せて奥の方へ声をかけた。

「晩くなりました。お夕食まだ？　お鮨を買つて来ましたしお赤飯のお土産もあるんですけどどうなさる」

書斎まで声が届いたのかややあつて天道が姿を現した。鮮黄のスポーツシャツを腕まくりして何やら甲斐甲斐しいいでたち、さも帰りを待ちあぐねてゐたやうに、

「いやあ何も食つちやゐないさ。今なら嫌ひな焼諸だつて咽喉を通りさうだ。早くその鮨とやらをあてがつてくれよ。私もさることながら空さん離室で餓死してるんぢやないかな。一寸声をかけてやつてくれないか」

と伸びをしながらの返事、須弥は呆れ顔に問ひ返す。

「まあ、ぢや朝から何も。空晶もゐるんならパンを焼いて珈琲くらゐは入れればいいのに、仕様のない人。あれで気が向けば随分小まめな方なんだから。食べるものは戸棚や冷蔵庫に何なりとありましたのよ。呼んでまゐります」

薬缶を火にかけて大小の包みをテーブルにおくと小走りに離室へ向ふ。浴室の前でふと立止り、

「あらお洗濯なすつたの？　ホースが下げつ放し。シャワーの瓦斯の種火もついたまま。いやねえ」

須弥が眉を顰めて振返る。

「何だかその辺でごそごそ音がしてゐるやうだつたが。空さんが使つたんだらう。叱つとけよ」

天道の額には汗が滲んでゐた。須弥は湯が沸騰してゐるのに戻つて来ない。紙包みを拡げてテーブルの上へ一つ一つ並べる。海苔の遣瀬ない香が漂ひ、プラスチックの重箱には南天の葉を添へた強飯。内祝の縁紅《ふちべに》の紙片に生れた子の名が達筆で「規矩也《きくや》」と認めてある。火を止めて茶の用意をし手塩を三枚箸三連を揃へてゐるところへ二人の声が縺れつつ近づいて来た。

「だから一日雨だつたのよ。珍しく家に籠つて書きものをしてゐるだけでも事件なのにお洗濯までしたんだから。主人もシャツの袖まくりで精を出して御飯も忘れてたんですつて。地震の揺らなかつたのが目つけもの。さ、二食分お上りなさい。あなたもお早く。まあお茶も入れていただいてるの？　私一寸着替をしてまゐります」

居間へ引込む須弥を横目に空晶が小声で言ふ。

「地震、揺らなかつたかな？」

舌を出す鬚面を睨んで天道が舌打した。

「莫迦！」

首を竦めながら空晶がなお囁く。

「頬から首にかけて蕁麻疹が出てるぜ」

反射的に手をやると、

「もうほとんど消えてるがね」

と嘯いて松前鮨の化粧昆布をめくり指で摘んでぽいと口へ放り込んだ。小耳に挟んだか須弥が腰紐を咥へたまま顔を覗かせる。

「鯖はいけなかつたか知ら、あなたもう先《せん》一度ひどくお中《あた》りになつて背中まで蕁麻疹が出たつけ。ああさうだ。すみません。玄関に郵便と夕刊が置いたままなの」

天道はぷいと立上つて姿を消したがややあつて、

「精神病理学会会報に晩秋の宝石アクセサリー展招待状か。ヤング・アーキテクトつてのは季刊になつたんだな。秋蒔草花種苗カタログは須弥の申込だらう」

などと呟きながらとつて返しどさりと卓上に置く。四、五通の封書の中の一つを抜いて差出人を見ると貴船七曜。空晶に無言で示しながら封を切る。毛筆書きの精巧な複写。

拝啓　仲秋の候　愈御壮建の御事と拝察申上候　偖来る十月四日旧重陽当日今年は稍早目ながら名残の薄茶一服差上度存候　茶事は名目のみ秋草の露を風情のささやかなる小会と思召お気軽にお運び賜らば幸甚に存候　猶此度は久久に左東子点前にて相運可申候条不行届の段有之候はば御叱正御寛恕冀上候　拝眉の折を待侘びつつ先づは右御案内迄如斯御座候　再拝　　九月二十四日

連客名は別紙に列記してあり同流埴科家の夫妻を筆頭にその道の同輩門人がざつと十名余り他は飾磨家の四名に真菅両家の計七名、最上家は二名、空晶と空水に役僧九鬼風輪、あとは七曜の友人と覚しい四、五で計三十数名といふ顔触れらしい。左東子が亭主といふのは苦肉の策であらう。もつともわざと未雉子に譲つて隠居を装つてゐるがまだ

四十七、この道では現役のぱりぱりで通るしまたその技倆も未雉子の艶に代る侘びがあり正面に出ぬのを嘆く声も聞く。御叱正御寛恕などと書くのは主として埴科家への挨拶だらうが読んだ者が冷汗をかかう。未雉子は当然飯頭役として控へ目に侍る予定になつてゐよう。見かけたところ悪阻の最中、苦肉の策とはいふもののそぞろいたはしい。

須弥が食卓に着き出花の茶を押戴きながら飲む。案内状を斜交《はすかひ》に眺め、連客芳名録に目を通した。

「私ども全部に御招待ね。珍しいこと。向ひに住んでゐながら三月に一度も伺はないし、お茶室は十年くらゐ前お建替になつた時御披露を兼ねた初釜に呼んでいただいたつきり拝見してゐないわ。一寸こはいけど参上しませう。さて何を着て行けばいいのか知ら。沙果子も和服はいづれ二、三枚誂えなくつちやいけないんだけどこの会の間には合はないし。さあ困つた。もう一箇月早く教へていただいてたらねえ」

天道は苦笑して話題を逸らした。海苔巻も鉄火巻も大半は片附いて空晶は強飯を摘んでゐた。

「『規矩也』とはいい名だね。お前の何にあたるんだい。義兄さんの孫だらう」

須弥はまだ連客の名を改めてゐる。

「さう。次男の子供よ。でも長男が続いて女の子だつたから男孫は初めて。九月十日の朝生れて十日の菊だから名残をとどめた命名なんですつて。一生後の祭なんてことにならなきやいいがつて笑つてましたわ。おや、空水さんもお客? 厭だわ。顔が合つたら横向いてるわけにも行かず。それなら早く伺つて早く下向しませう」

天道はふと空晶の顔を見た。にやりとして、

「願寺の住持で遠州流の大家だぜ。呼ばない方がをかしいだらう。それにしても姉さんどうしてさう和尚を毛嫌ひするんだい? あんたの娘の頃の事は弟のおれにも滅多に洩らさないが何かタブーでもあるのかな」

突込んだ質問に天道の方がひやりとした。須弥は案内状を封筒に納め、茶を玉露に入れ直し、点心の蒸蕷饅頭の器を出してから急に改つた様子で切り出した。

「タブーねえ。でももう時効にかかつた棚曝しのタブーだからいい加減に喋つてもいいでせう。あんたは十三からあの方のところへ引取られたんだつたわね。傍にゐながら知らなかつたの? 十七の私があんたを十三詣りに連れて行つてあげて、その年の九月に青蓮寺別院へ移つたのよ。話は内内に決つてゐたわ。淡輪の家ぢやその前の代までお寺だつた。祖父が還俗する時一代に一人は寺へ遣るつて妙な約束を本山にしたらしいわ。空水さんとあんたは反りが合はなかつたでせう。だから父が出したのよ。空水さんは祖父が住職時代つきあつてた末寺の坊さんの孫。それを養子に迎へて寺へ遣つたのよ。父は一人

息子だつたから身代りね。神童だとか天才だとか評判の子だつた。二十一であそこを継いであんたの十三詣りの時はたしかあの人二十五、六になつてたか知ら。恒例に従つて阿難院へ四月の十三日に行つたわ。あんた覚えてゐない？　灌仏会の甘茶が残つてゐてそれを三杯もいただいたでせう」

話は前後していつかな本論に入らない。人間関係の概略は今更聴聞するまでもなく知つてゐる。ただその十三詣りに何かあるとしたら、先おととひの天道花月譚と符節の合ひすぎる筋書で虚空蔵菩薩も邪宗の本尊めき、御縁日の十三日も西洋風に忌まねばなるまい。天道と空晶はさあらぬ体に頷き合つたがその目の奥の妙な光りに須弥は気づくはずもなく言葉を継いだ。

「いづれ行末はこの寺の人になるんだとあんたにも納得させようと挨拶かたがた別院へ寄つたの。忘れもしない午後の三時頃よ。あんたは五時から新学期の級長集会があるといふので小三十分すると先に帰り、私も一緒にと思つてゐたのにあの方赤ん坊ぢやなし一人帰らせなさいとか言つて私を残らせたつけ。書院の奥で唐詩撰だか倭漢朗詠集だか次次と拝見して一時間ばかり。空模様が怪しくなつて来たので帰り支度をすると送るから大丈夫とまた引取めて榠樝酒《くわりんしゆ》を注いだり榧霰《かやあられ》を出したり大変なおもてなし。怪しくなつたのは空模様だけぢやなかつた。お酒が入ると目が据つて来てねえ、いきなり私の手を握つて結婚してくれとかすれた声で迫るの。ぞつとして手を振りほどいて逃げ出したわ、勿論。門の外へ出て車を拾つてからはつと気がついたら足袋はだし。それつきりよ」

空晶は目を閉ぢたまま頷いた。あの頃の空水は匂ひ立つやうな男振だつた。厳しい頬の線も剃り上げて青味を増した揉上もその辺の檀家の女房連中の噂に上つてゐた。ぞつとしたのは単に処女の潔癖のゆゑのみではなからう。一つにはあまりにも烈しい歓喜、一つには天道を前に置いての誇張、恐らくその夜から須弥の夢には空水が現れたらう。

「でもな姉さん、当時だつて恋文一つもらはぬ女学生なんてみじめなものだつたんだぜ。あんな美男僧に口説かれたら悪い気持はしないはずだ。よしんば虫が好かなかつたにせよ何もそれくらゐで生涯絶交することもないだらうに。和尚はこれつぱかりも洩らさなかつたな。梵妻を迎へなかつたのもその初恋に破れたからとなると、こいつは義兄さん聞かなかつた方が……」

空晶の混ぜつ返しに須弥は顔を蹙める。

「よしてよ。とんだ初恋だわ。お説の通りそれだけだつたら何も二度と顔を見るのもなどとは言ひません。ところがそれから一月ばかり後、ああさうだ、端午の節句に同窓会があつて二年先輩だつた左東子さんに会つたの。その頃もうお茶では宗匠格で随分お高くとまつていらつしやつたわ。帰りに御一緒して気も進まないのに御飯を食べに入つたの。何でも「銀葉」とかいふ和風のお料理店で会席専門だつたけどとつくに潰れたつけ。お顔の利くところが私に見せておきたかつたんでせう。お内儀が罷出て竜泉寺のお嬢様とか貴船の若先生とかいつて奉つてゐたわ。何の拍子だつたか俳優の品定めから恋愛の結婚のと話が弾んで、貴船七曜さんとはもう近近でせう。御一緒にお住まひだしと水を向けたら、実は親の計つた一種の政略結婚、私の一生はお茶のために滅茶苦茶だと駄洒落みたいな愁嘆場が始まつてね。心にある人は唯一人、設楽空水さん、あの方からも熱烈な求婚の申込を受けて痩せる思ひ、弟さんがあちらへいらつしやると聞けば他人のやうな気がしない。貴女にだけ打明けるつてさめざめお泣きになるの。挨拶に困つてお料理も胸に閊《つか》へたわ。貰ひ泣きするやうな振りをしてその場はごまかしたものの、私、空水さんの汚さにもう一度身顫ひしたつてわけ。馬鹿にしてるぢやない、二人を手玉にとつて。二人どころか調べれば続続と現れたかも知れない。私は逃げて帰つたけど逃げなかつた人もゐるでせうし」

禁忌の何の大層な触れ込みであつたが聞けば他愛の無い話、当節なら常識とまではゆかぬにせよ目鯨立てるほどの不徳義でもない。たとへば真菅の杏八あたりこの話を聞いたら抱腹絶倒しよう。天道と空晶はしかしほろ苦い笑ひを嚙みしめただけであつた。

空水と左東子の経緯は七曜も知らぬではなからう。どの程度か感づいてゐればこそ避け続けて来たのだ。時効は永久に発効することはない。事愛憎に関する限り死後もその余波の消える時はないのだ。さうした愛憎の葛藤のさ中に空晶は別院の人となつた。思へば既に二十八年も昔のことになる。空晶の名は空水がつけたと聞いてはゐるがいくら神童と言つてもその時は十三歳、恐らく五黄の寅の縁起を担いだ名目で考へたのはその師の虚鏡であらう。十二年長の、世間には兄としてでも通る空水を義父即師として、淡輪家から実質的には厄介払いされた未必の逆カインとして、空晶はあの役僧部屋から学校に通はされた。空晶も亦異常な才能に恵まれてゐた。兄を凌ぐことを子供心に警戒して凡才を演じ、家を出た途端に心ゆくまで匿してゐた天分を現したのか、淡輪家にある時は睡つてゐた叡智が空水の指導で速かに覚めたのか。ともかく語学、数学は教師も舌を巻き十五の歳には英英辞典を机上において授業を受け翌年は一週遅れのル・モンド紙を貰つて来て休み時間に耽読、数学の時間には机の下でエルランゲンの目録等を原書で盗み読みしながら指名されれば聯立方程式くらゐ瞬く間に解いてけろりとしてゐた。沙果子の数学は空晶の加担の賜物であり正午が語学に於て人後に落ちぬのも亦彼の薫陶によらう。しかし頼みの綱の師空水はそれから二年目十八歳の二月に戦争に駆り立てられて残つたのは老婢と空晶の二人、淡輪家の父母は既に亡く兄は他人同然、結婚した須弥が三日置きに訪れて何くれとなく面倒を見た。もっとも空晶はその援助さへ必要とせぬくらゐ既に読経説教不祝儀の次第全般に通暁し、初めは危《あやぶ》んでゐた檀家の故老連中さへ次第に一目二目を置くやうになり、翌年の颱風で庫裡の屋根が飛んだ折など若院主のためならと老若二十数名馳せ参じてたちまち修復、どちらかと言へば狷介の風をあらはにして檀家を慴伏させてゐた気味のある空水よりも人望が厚かつた。須弥にしたところで当初は不憫と涙ぐんでゐたのが日を経るに従つて目を瞠るやうになり、新家庭の埒もない揉め事まで持ち込んで空晶の指示を仰ぐ始末。また二十歳にも間があるのに剛快な眉目はどう見ても八つ上の夫天道とおつつかつつの大人振りで、その天道がまた一目見た時から意気投合して間がな隙がな空晶を招いたり訪れたり、須弥も左東子とはいささか事情は異つても一種の政略結婚、兄の御都合も多分に加味された味気ない縁組であつたが、天道は静かな好男子で家を空ける回数の多い点を除けばまず結構な夫、その上空晶をも可愛がつてくれれば中分のあらうはずもなく、絶えて久しい晴晴した日常であつた。正午の命名も須弥よりむしろ天道の依頼、沙果子の場合は頼まれる前につけておいた。

　三年目に空水は襤褸を纏つて帰つて来た。疲労困憊の極で三、四箇月は寝たつきり、五箇月目の報恩講にやつと勤行の座に加はつたが導師は空晶、朗朗として完璧無類の無《む》量寿経《りやうじゆきやう》を聴きながら空水は人目を憚らず哭いた。寺は荒れ放題、檀家は散り散り、仏灯も消えたままといふ最悪の状態をも覚悟で帰つて来た空水は、庫裡の屋根は真新しく光り、厨には季節の野菜果実魚介が入れ変り立ち変り届けられ、祥月命日に彼岸、盆の檀家廻りの布施が積立てられて少からぬ金額になつてゐる有様を見るとほとほと呆れ返り、空晶の才覚と人徳に改めて瞠目した。一年は無事に過ぎたが檀家の連中は依然若院主、空晶和尚様でなければ夜も日も明けぬ態度を改めず、空水は何となく敬遠気味、冠婚葬祭さへ素通りして逆に空晶から事後報告を受けるといつた仕儀も度重なる。面白からうはずはなく、その微妙な空気を鋭敏に察した空晶は躊躇《ためら》はず還俗を申出た。勿論空水は許さなかつた。許す許さぬの段ではなく彼にとつて空晶は掌中の珠玉、乳離《ちばな》れを待つてわがものとした麒麟児、莫逆刎頸《ばくぎやくふんけい》の唯一人の愛弟子であつた。檀家の冷やかな態度もゆゑのあること、どうして空晶に八つ当りしよう。軽挙を戒める言葉は次第に哀願に変り、哀願も泣訴の趣が加はる。空晶は情にほだされつつ決意は固かつた。一つには須弥の奨め天道の誘ひもあつたらう。空水が還つて以来勿論須弥は二度と訪ねて来なくなつた。空晶とて昨今の雰囲気を告げはしないが飾磨夫妻の耳にはそれとなく伝つて来る。離室は無人《ぶにん》、一日も早くこちらへ引越して好きな道を歩めと二人はほとんどけしかけるやうな口調であつた。一応はこの慫慂も断り、空晶は当分旅に出たい旨を空水に告げた。もはやこの寺に帰らぬ心は明らかではあつたがつひに空水も折れる他なく、虚鏡相伝寺宝に等しい十二神将像を生形見《いきがたみ》として贐けた。三十三歳男盛りの空水ながらこの世の地獄を閲して来た賜物か人柄はがらりと変り、狷介の相にも霞がかかり鋭い舌鋒も羅《うすもの》を纏ふやうになつてゐた。空晶を送り出す前夜の目の潤み、たとへ還俗しても生涯師弟義父子の縁はこのままにと委曲を尽す言葉には疑ひもなく師や父の埒を越えた愛がひそんでゐた。それであればこそなほ空晶は袂を分たねばならなかつた、一まづ飾磨家に移つてその翌年、宿望の一つである印度、ネパール方面へ放浪を試みるための渡航手続は、天道が裏から手を廻して招待《インヴィテーションレター》状を取付け、外務省其他にもぬかりのない沙汰、路銀は制限もあることながら一報次第随時送金を空水はもとより飾磨夫妻が引受けた。

空晶は玉露を口に含みながらインダス河の黄濁した流を思ひ浮べる。遠い昔の夏であつた。モヘンジョ・ダロ、死の丘の夕映が記憶を照らす。スリナガル、アムリッツァール、デリー、ジャイプール、アーマダバード、ボンベイとひたすらに南下を続けながら空晶はやうやく苦行僧の趣を呈し、半年の間にヒンドスターニー語をほぼ完全に操るやうになつてゐた。放浪の道連れになつてくれたマドラス大学の若者がクシャトリアの階級の出、十月のダシャラーの祭にふとした動機から知合ひ、双方あまりにも完璧な英語に驚きつつ苦笑する一幕もあつたが、蓬髪有髯の空晶と螺髪で全身多毛の若者エスラージはたちまち相許す仲となり、若者は卒業記念の欧洲旅行を放擲して空晶と行を共にした。サンスクリット系のインド・アーリア諸語を学ぶにはこよない教師であり、南端アルワイから東部のポンディシェリを経てマドラスに着くとエスラージは否応なく自邸に誘つて逗留を強ひ、サンスクリットの碩学を招いて空晶を紹介、談論風発の日日であつた。計二十数名の大家族の中に混り、賓客扱ひは固辞して起居を共にすると人徳といふものか全員から慕はれ、ために憂へたエスラージが無理矢理部屋を自分の隣に更へ独占する始末であつた。さすがカーストの最上級王侯貴族の名残のクシャトリア、賓客扱ひは避けてもらつても放浪覚悟の空晶には贅を尽した待遇で、一年足らずのうちに三貫目は肥つた。もともと上背があるので大した貫禄、くつきりした眉目に灼けた膚では日本人と言つても信用せず、かてて加へて流暢なヒンドスターニー語が飛出すとエスラージの親族の一人として十二分に通用した。エスラージ自身その頃は兄同様に恋ひ慕ひ、そろそろ帰国を仄めかすと聞いて聞かぬ振り、二年近い月日が流れて勉学、研究も一応の目処《めど》がついたのでスケデュールを決めてゐると帰るなら自分も日本についてゆくと地団駄を踏む。父なるインディアン・エアラインズの重役も胡椒園を経営する兄も往生し、一、二年のうちに必ず旅行させるからと宥《なだ》め賺《すか》して生木を割いた。空晶二十四歳エスラージ二十三歳、常夏の国の神無月であつた。賓人待遇を拒んだ報いといふのか帰国も客を返すのではなく家族の一人を他出させる態度で、母親である老婦人も部屋はそのまま明けておく、いつ帰つて来るかと真顔で尋ね、兄は次回必ずカシュミールの水上別荘へ連れてゆくと言ひ、父はそれを機にこちらで永住の気はないか、あればいつでも教授に推薦すると冥利に尽きる歓送の辞にさすがの空晶も涙ぐんだ。空晶が時時嵌める三カラット大の猫目石《キャッツ・アイ》の指輪は別れに臨んでエスラージが念友に献じた盟約のしるし、同じ物を彼も肌身につけ台の裏には二人の頭文字の刻印がある。

帰朝後件《くだん》の離室に足を留めたのはほんの一箇月、放浪癖が身に沁みついたかあるひは目的あつてのことか、たちまち姿を晦ました。エスラージの父兄の紹介で在日印度人を歴訪したり、虚鏡の威光遺徳、空水の依頼で青蓮寺本山が連絡手配の各地末寺に杖、否旅行鞄を預けたりで半歳、一年の旅は珍しからず、その間も印度商館の顧問、上流の家庭教師、大使館の秘書、さらには寺社の執事、地方大学の講師と八面六臂の活躍、席の暖まる暇も無かつた様子である。三箇月離室にゐて一年留守、六箇月ばかり籠つてゐるかと思へば二箇月行方不明といふ状態が延五、六年続き定住の兆の見えたのは三十過ぎてからである。幼時の正午、沙果子兄妹は長逗留の血縁と思つてゐたらうし、この印象は未だに濃く後を曳いてゐる。童顔のせゐもあらうが子供に好かれ、また懐柔指導の巧さも抜群、大人もこの限りではない。一種の催眠術を体得してゐるのか、あるひは超能力かともかく奇妙な才分と言へよう。沙果子も二十歳を超えてから何となく敬遠し初めたし、もともと空晶は例外的に女には時として理窟抜きの反撥を受けたり示したりしたものだが、少くとも十代の終りまでは正午同様よく懐いてゐた。沙果子も巫女、未雉子とは逆に陽性のかんなぎであらうか。立春との逢ひが重なるに連れて叔父を避け、辛辣な批評を浴せるやうになつた。不可知不可触の男の世界、それも禁忌の反世界を本能的に拒みいらだつ徴であつた。立春の心を空晶が占領してゐる。その潜在的な憎悪が二人の巫女をきりきり舞ひさせたと覚しい。立春は三者否二者択一をじわじわと迫られてゐた。みづからにも強ひてゐた。揚句の果に選び取つたのが死であつたのか。あるひはまた三人の独占慾の牲となつたのか。はたまたそのやうな愛憎を別にした要因が匿されてゐたのか。

　空晶が永い追想からわれに還ると須弥は既に居間に入つて箪笥の引出を明けたり締めたり、茶会に着用の晴着を物色中の様子、天道はテレヴィ映画に目を向けてゐた。マカロニ・ウエスタン、半裸のフランコ・ネロが後手に縛られ拳銃の的になつたところでコマーシャル・メッセージに変つた。製麻会社の宣伝か笠のまはりにヴェールを垂らした王朝女性の旅姿が映りこれが虫《むし》の垂衣《たれぎぬ》、原料は苧麻《からむし》と金属的なソプラノの説明が入り次に英国十六世紀頃の舞踏会シーン、カット・ワーク入の手帛がひらひらして狐面《きつねづら》の少女の顔が隠れると男の渋い声でこれは亜麻《リネン》と囁く。次は烈日の下に出航する蒸気船がするすると纜を解き、場面一転して広大な農場の収穫期、馬鈴薯がオートマティックに粗布の袋に詰込まれる。ナレーションはこれらは黄麻、大麻で作られる。麻は世界を結ぶ絆云云と二重唱の月並な文句で終つた。空晶が後を続ける。

「印度大麻はハシッシュも採れます。ボードレールの詩の原料です。雌雄異種で学名がカンナビス・サティヴァ、大麻取締法といふ妙な法令がありますがお気になさいますな。皆で麻を植ゑませう。麻は世界の朝を創る。浅き夢みて酔ひ給へ」

　天道が爆笑した。

「名文句だ。和泉製麻へ売込みに行つたらどうだい。それにしても詳しいな」

　空晶は指を茶で濡らして卓上に絵を描いてゐた。水滴の線は逆三角型の印度大陸、

「いつだつたか義兄さんにも紹介したマドラスのエスラージね。彼の家の別荘がカシュミールにあるんです。水の上に建てたのと高原のと二箇所。高原の方には大麻園がくついてゐる。植わつてゐるのは一番麻酔性の強烈な品種ですよ。脂《やに》をふんだんに含んでゐて凄い臭ひを放ちます。五、六年前永い間留守にしたでせう。あの時行つて来ました。良いところだつたなあ。遥かにパキスタン国境のヒマラヤ山脈が見えて。万年雪がきらきら反射してゐた。死ぬならああいふ所がいいな。エスラージは今アッサム地方で紅茶

園を経営してるんです。彼専用のヴィラをカシュミールに建てて、おれの部屋まで特別に造らせたと言つてました。何でも日本間で雲繝縁《うんけんべり》の畳敷、壁飾は能扇、織部の壺に素馨《ジャスミン》を挿してるさうです」

　空晶の目はうつとりと宙に遊んでゐた。

「思ひ出したよ。その二年ばかり前だらう。彼がやつて来たのは。たしか君の一つ下で三十三歳と言つてたから。この映画のフランコ・ネロに瓜二つぢやないか。毛深いところも涙ぐんだやうな目つきも。エスラージと言へばたしか印度にそんな名の楽器があつたね。サーンラギにエスラージ、胡弓みたいな弦楽器で例のシタールなどと合奏するはずだ。今頃君に逢ひたくつて啜り泣いてるだらうよ」

　天道の言葉を上の空で聞きながら空晶は腰を上げた。須弥に大きな声で挨拶を残し、繻子の丸帯片手に彼女が顔を出した時は大股で露地に消えてゐた。天道がふと卓上を見ると銀製のライターが忘れてある。

「ちえつ。また置いて行つた。放つておくと大騒ぎするか諦めて新調するかだ。届けてやらう」

　天道はサンダルを突つかけて小走りに後を逐ひ、栂の植込の端で空晶をつかまへた。

「わざわざ恐縮、ではお休みなさい」

声を張り上げた後で囁くやうに言ふ。

「義兄貴、エスラージの毛深いのなぜ知つてるんだい。変じやないか」

天道も低い声で応へる。

「だつて君、あの時クリスタル・ホテルの彼の部屋へ連れて行つてくれただらう。梅雨晴で真夏の暑さだつた。君と違つてシャワーを一日に十回くらゐ浴びるとかで丁度出て来たところへ闖入したんだぜ。バスタオルは巻いてゐたがね。顎から鳩尾まで隙間もない密林の壮観を拝ませていただいたが悪かつたかね。あれは六階、十何号室だつたか……」

空晶が含み笑ひを洩らす。

「さうか、なるほど御免御免。ルーム・ナンバーは、618、合計十五で皆白。立春の死んだのもその部屋だよ。驚いたかい？」

いささかつむじを曲げたか天道はくるりと背を向けて母家へとつて返す。聞えるか聞えぬかの呟きが洩れた。

「驚かないね、今更。あと三、四人はさういふのがゐたんだらう」

キチンでは須弥が洗ひ物を拭つてゐた。天道の顔を見ると、

「もうすつかり雨も上つたやうですね。明日ならあんなに濡れることはなかつたのに。

あ、さうさう、あなた冷蔵庫のサラミ御存じない？　バナナくらゐの大きさの。この間ローマイヤーで買つて入れておいたんだけど。明日の朝サラダに添へようと思つて見たらどこにもありませんのよ」

　何気ない質問に天道は一瞬頰を硬くしたが即座に、

「空さんが食つたんぢやないかな。洗濯にやつて来た時何か言つてたやうだが、それをいただきますつてことわつてたんだらう。書斎から生返事しておいたんだが。彼に一言はない方がいいぞ。みみつちいから」

　と逃げて映画の続きに目を向ける。フランコ・ネロは形勢逆転、街のボスらしいのを殴つてゐるところだ。仲裁が入つて酒場を出て行く。鬚面の保安官がまだいきり立つネロの肩を抱いて宥めてゐる。時時振返る目がきらりと光り例の印度青年を思はせる。街路が濡れて遠くに稲妻、無人の馬車、向うにホテルの灯。

「もういいんです。ホテルへ帰つて寝ますから。お世話様でした」

　ネロが耳のあたりに手を上げて挨拶する。二、三歩行つたところを保安官が追ひ縋つて並ぶ。

「いや送つて行かう。部屋に引取つておねんねするまで傍にゐてやるぜ、坊や、拳銃も預る。奴等の本業は殺し屋だ。引返してみろ、今度は蜂の巣にされるぞ、おれの言ふことを聞くんだ。いいな。わかつたな」

　珍しくスーパーインポーズ版、ネロのやや濁つたバリトンがこれに応ずる。

「どうしようとぼくの勝手でせう。放つておいて下さい。なぜそんなに心配してくれるんです。今朝初めて逢つたばかりなのに」

　口を尖らすネロを見下して鬚面がほほゑむ。

「お前が好きだからさ」

　あれはスチュアート・ホイットマンだらうか。はにかんだやうに "Because, I like you" と呟いて先に立つた。天道も呟く。

「"I like you" か。なるほどな」

　前編の終り。爽かな台詞だ。一点の曇りもない愛の表白である。その表白に沓の拍車の音が響き画面は遠離つて行く。

「何か仰つた。テレヴィそのままにね。続いてニュースでせう。例の通り魔事件の犯人上つたか知ら。二十四、五の男の人ばかり出会頭に刺されてるんですつてね。正午も気をつけなくつちや」

　天道は欠伸を噛み殺しながら答へる。

「必ず真暗な小路で事件が起るんだらう。犯人は黒装束、被害者の中二人まで香料の匂ひがしたと証言してゐたね。白檀ぢやないかな」

須弥が手に荒れ止めのクリームを塗りながら近づいた。

「白檀？　どうしてでせう」

狐につままれたやうな表情だ。

「犯人は女、それも貴船の未雉子女史を聯想したんだ」

言つてから天道は首を竦めた。この間別荘で彼女は左東子と揃ひの白檀の小扇を帯に差し、近寄ると激しく匂つてゐたのだ。

「怖しいことを。聞えたらどうなさいます。男だつて香料は使ひますわ。あなたもラヴェンダーのオードコロンをお持ちぢやありませんか。女には男を殺す力などありません。それも通り魔なんて」

須弥の断言を待つやうにニュースが始まつた。チリかペルーの激震の模様が詳しく伝へられる。天道はそれを横目で見て書斎に引揚げた。女には男を殺す力などない。まして通り魔は……須弥の宣言が心の中に谺する。さうだらうか。逆ではないか。男を殺す力を有つてゐるのは女だけ。通り魔どころか魔そのものと言へよう。未雉子の奸智は申すに及ばず、須弥の健やかな常識さへつひには男を死に追ひ詰めるのだ。書斎の窓を細目に開けると匕首に似た繊い下弦の月が中空に懸つてゐた。

第五部　瑠璃《るり》篇

十月に入ると急に冷えこみ早朝は栂の葉先に霜がきらめく。離室の前の銀木犀はあやまたず月末近くから香り初めた。気むづかしい樹で湿《し》ければ衰へ西陽が当る方角では決して花をつけず通風の悪い場所だと虫の巣になる。屋敷の東南に位置し北は吹き抜けになつてゐるので適地のはずだがそれでも年によつて花のつきやうに多寡はある。今年は枝枝に白い魚卵のやうな四弁花がひしめき、近づくとむせるやうな芳香がたちこめる。

沙果子は久久の休暇を取つて部屋の大掃除を終り棚の上の鉄漿壺《おはぐろつぼ》に挿さうと一枝剪りに出た。空晶はまた留守らしく離室は窓掛を下して鎮まり返つてゐる。北側の繁みを手探りで切取つた拍子に雫を頭から浴び、ついでに二、三本目立たぬところを長く削ぎ落して裏木戸に廻つた。雑草の草紅葉に正午近い陽が射し空は目に沁みるばかりの碧、沙果子は手帛で髪を押さへながら自分では滅多に開けたこともない木戸の閂を上げて外へ出た。丈を越える泡吹草の藪が百坪ほどの空地を埋め、貴船家の裏門がそれに続く。その潜りから人影が現れ透かして見ると未雉子が箒を持つて空を眺めてゐる。引返さうかと思つた時先方が目ざとくこちらを認めて小腰を屈めた。曖昧な造り笑ひに頰が痙攣する。せうことなしに沙果子は近づいて声をかけた。

「お久しぶり。すつかり秋になりましたわね。お部屋に挿さうと思つて木犀を剪りましたの。一枝いかが」

未雉子も箒を築地塀に預けて二、三歩歩み寄る。化粧抜きの瞼がやや腫れてにはかに老けたやうに見える。普断着の南部紬もどこやら締りがなく腰のあたりがだぶついてゐる。沙果子はいたましい思ひで目を逸らせた。

「御機嫌よう。とつてもお元気さうね。羨しいわ。風の便りに伺つたけど来年印度へいらつしやるんですつてね。叔父様はたしか随分永らくあちらでお暮しだつたとか。勿論御一緒でせう? お愉しみねえ。事情が許せばお伴したいくらゐ。タジマハールも見たいしカシュミールへも行きたいし。でも駄目、私は籠の禽、ぢやなくつて檻の羊。それも病める羊で禁足中。それはさうとお父様も叔父様もお健やか? 滅多にお目にかかる折もなくて御無礼してますけれど御案内の名残の茶事、四日には是非お越し下さるやうに仰つてね。あなたも万障お繰合せ願ひますわ。もつとも私今度は飯頭を承つて母のお手伝だけ」

沙果子の差出す木犀の一枝を懶気に受取つて顔を寄せる。突然げつとなつたやうな表情で花を遠ざけ後手に持ち直した。

「伺ひますわ。お茶室はかういふ機会でもないとお向ひにゐながらなかなか拝見できないんですもの。私、父に三日の朝前礼に参上するやうに言ひつかつてますの。お言葉に甘えて全員お招きを受けるつもり。でも未雉子さんお加減が悪くつちや大変ね。お掃除くらゐならいつでもお手伝ひしますからさう仰つてね」

病気と言はねば見て見ぬ振りもできるだらうが、病める羊の候のと歎くのを聞けば妊娠は見え透いてゐても見舞の一つも言はねばなるまい。

「御親切に。医者は軽い胃潰瘍だから適度に身体を動かせつて言ひますの。ただ高い香の花だとか香水、オードコロンの匂を嗅ぐと吐気を催したりして。ま、さういふものはお茶では皆禁じられてゐるからいいやうなものの。禁花ぢやなかつたらこの木犀も投入にさせていただくのに。惜しいわ」

むかつくのは悪阻のせゐでせうと口まで出かかつてゐるのをぐつと押へた。木犀も有難迷惑なら返してくれればいい。それにまた印度行は空晶と二人連れと決めてかかつてゐるのも片腹痛い。叔父が印度にゐたことはちらりと耳にした記憶もあるが別にそのルートを頼まずとも伝《つて》は適当なのを既に教へられてゐる。沙果子の計画は父からも聞いてゐるはずの空晶、紹介したければこちらが切出す前に声をかけてくれよう。黙つてゐるのはその意志がないものと見た方がよい。以前なら素直にお願ひしますと甘えただらうに、なぜか問えるのだ。沙果子はその頑さをわれながら寂しいと思ふ。そしてその寂しさの裏には立春のもの言ひたげな面影がたつ。

未雉子の白白とした顔を見ると微かに憎しみが蘇つてきた。

「昨日が三七日《みなぬか》でせう。お墓に供へていただいたら？　禁花、それも銀ならいつそふさはしいでせうから」

沙果子にしては随分手厳しいしかも陰に籠つた皮肉、しかしながら相手の表情は能面さながらに動かない。

「三七日？　おや、さうだつた。立春さんのね。さすがによく御記憶ですこと。お持ちになつてゐるのもお部屋の遺影にでもお手向になるんでせう？　お任せするわ。最上の宅では忌明まで仏事は省くらしいの。あら、お気に障つた？　でもあなたが仰るからよ。ね、もうこの世にゐない人のことは忘れませうよ。あの方の御回向なら一番お近かつた叔父様が十分になされればよろしいわ。原語で因果経でもお上げになつて。印度へいらつしやつたらあなたのお見立で廉い金剛石を一つ叔父様がお需めになるといい。お墓が一周忌までには建つさうだから裏に嵌めこむのも気の利いたお供養でせう？」

見事な竹篦返《しっぺいがへ》しはぐらかし、しかし未雉子がさうまで言ふのなら立春は空晶によほど深入りしてゐたのだらう。亀甲紋のネクタイも薄荷の香も自分の幻覚ではなかつたのだ。

「私、印度へは叔父と一緒ぢやありません。まだ話もしてゐないし。第一厭がりますわ。お連れは宝石デザインの先輩の方になるかも。でも私は独旅が好きですの。気儘だから朝夕気を遣つてるのは願下げ。何ならあちらでボディガード代りの案内人を雇ひませう」

何となく空気も和んだところで打切らうと沙果子は会釈して踵を返した。返す寸前にまた未雉子が声を低める。

「くどいやうだけど立春さんのことねえ、もし万が一にも私が何か邪魔だてでもしてゐたとお思ひなら沙果子さんそれは邪推も邪推、立つ瀬どころか沈む淵もありませんわ。正直に言ひませうか。結婚しようかと思つたこともあります。相当深いおつきあひも一時はありました。私だけが深くつてあの方は足も突込んでゐなかつたけど。深みにはまれる人ぢやなかつたわ。露骨な言ひ方しますけど御免なさい。あなたもとんとままごとみたいな恋愛ごつこなすつてたんでせう。戦前のプラトニック・ラブ、完全無菌清浄栽培の。精精が接吻止り、それも随分無理して。目を開けたらぞつとするやうな表情、御覧にならなかつたらおしあはせだわ。お怒りなる？　構はないわ、私。知らさない方がよほど罪ですもの。もつと言ひませう。あなたも落第だつたのよ」

　未雉子の顔には嘲笑が浮んでゐた。

「それ、どういふ意味でせう」

　きつとなつて訊き返す沙果子を憐れむやうに答は優しかつた。

「飛躍しすぎたか知ら。いいえ、あの方はあなたで自分を験したのよ、多分。落第したのは立春さん。永久に合格する見込もないのに可哀想な人」

　言ひ終ると未雉子はやをら箒を手に取つて挨拶する。

「お気になさらないでね。では失礼。お花ありがたう。母が大好きですの。昨日も露地まで香が漂つて来て、一枝御無心に上らうかなどと言つてましたのよ。喜びますわ。さやうなら。四日、お待ちしてをります」

　沙果子はその文句を遠い風音のやうに聞いてゐた。反射的に辞儀は返したもののいつ未雉子が裏門を潜つたかも覚えず、のろのろと木戸へ近づく。歩幅ほどの流の前に佇んで木犀の微塵の花の一摘みを水に落した。

　この間兄の正午に行きがかりか思ひつきか「焼けたトタン屋根の猫」などと口を滑らせたが、その時は言つた後ではしたない聯想を恥ぢたことだつた。だが滑つた言葉、妄想は不幸にも誤りではなかつたのだ。意識の底には立春の悩ましげな表情が沈んでゐた。

渇いて水を飲まうとすると水はたちまち消えうせるタンタロスの苦痛、否むしろ水を前にして咽喉と舌との痙攣に襲はれなすすべもない狂水病患者の喘ぎを沙果子は朧気ながら察知してゐたのだ。淵川の水を噴井の水に変へたとて痙攣の兆すかぎり無益であることを立春自身知り過ぎてゐたらう。

喘ぎながら後退りする立春の硬ばつた眉目に童貞の清清しさを感じて却つて恥ぢらつたのも、今にして思へば単なる少女趣味、禍禍しい不毛の予兆をこそ感ずべきであつたのか。では、未雉子は誰の子を宿したのだらう。何食はぬ顔を続けて闇から闇に葬るための巧な布石の一つではなかつたか。あるひはまた妊娠と見たのは母の須弥の僻目に過ぎず実は胃の疾患、腹膜の異常を錯覚したのか。沙果子の思考はまた迷宮に迷ひ込んでゆく。

手の木犀はことごとく捲りつくして黒ずんだ枝が残つてゐた。川下に雲母のやうな花の浮き沈みするのが見える。灼けたトタン屋根の猫にはならずに済んだ。だが不毛な牧場の羊として死んだ、否殺された立春は「もうこの世にゐない人のことなんか忘れませうよ」では済むまい。彼を狙つた狼、否虎をつきとめねば。少女趣味ではあらうとも愛は愛、肉を拒んだ愛はそれほど軽侮されねばならぬのか。逆であらう。あの人には何の罪科もない。墓碑に金剛石を嵌める前にすべきことがある。せせらぎの底に緑の玉がきらめいてゐた。水を透かして見る玩具の青いビードロ、はかない職業意識と苦笑して立上る。

未雉子に預つた翡翠も早く渡さねばなるまい。仕事のスケデュールを頭の中で組直し木犀の枝で宙を鞭打ちながら母屋に足を向けた。

食堂へ入ると須弥が昼食のお膳立の最中、

「お部屋開けつ放しでどこへ行つてたの。探しに行かうと思つてたところよ。お昼にしませう。無い事に朝からお掃除に精出してたからお腹が空いたでせう?」

山椒の花の佃煮を小皿に分けながら掌の窪にとつて味見、湯葉を清汁《すまし》に入れて瓦斯の火を止め、顔は沙果子を見てゐない。

「お部屋の掃除は三日置きにしてをります。ひどいわ。木犀を剪りに出て木戸の裏へ廻つたらそれこそ無い事に未雉子さんがひよつくり。お茶会の準備で露地を掃いていらつしやつたらしいわ。一寸御挨拶だけのつもりだつたのに次から次へとお話が尽きずたうとう三十分ばかり立話。ね、お母さん、あの方軽い胃潰瘍だと仰つてたわよ。この間の、見間違ひぢやない?」

須弥は顔を上げてぴしやりと答へた。

「私、子供を二人生んでるのよ、沙果子。胃潰瘍か妊娠かくらゐ一目見ればわかります。

この間のお顔色ぢや悪阻もひどい様子だつた。私も正午の時は一月ばかり絶食状態、お魚やお肉のにほひは申すに及ばず野蜀葵《みつば》や芹も駄目、ひどい時は化粧品の香さへむつとするの。さうさう六月頃のことか知ら、梔子《くちなし》を左東子さんからどつさりいただいてそれを嗅いだ途端に嘔いた記憶があるわ。丁度一年目にあの方も悪阻でねえ、今頃身に沁みてわかりますなんて仰つたつけ。ま、どうでもいいぢやない。さういう体《てい》になすつておきたいんでせう。そのうちに胃潰瘍を脹満に変へて入院なさるお積りかも知れない。さ、おつゆが冷えます。焼冷《やきざま》しでよかつたら戸棚に鰺の干物《ひもの》があるわ。正午は三時過ぎに帰つて来るらしいの。お部屋ついでに掃除してやつてくれる?」

沙果子は先刻未雉子と語り合つたことの次第を母に告げる気はない。須弥に告げて何にならう。悲しみは頒つたとて惑ひを頒つのは虚しいことだ。若し告げるなら相手は兄の正午以外にはない。世の常の秩序に身を任せて雨が降れば傘をさし、旱が続けば樽に雨水を溜め、他人の振りを見て己が姿を鏡に写し、鏡が曇れば清めて生きて来た母の健やかな単純さを汚すまい。良妻賢母の庭訓《ていきん》には洩れた修羅の悪縁絵解など見せずに済むなら済ますのが孝行といふものだ。鰺の干物のぎざぎざを箸の先でこそげ落しながら沙果子は逆縁めいた自分の心遣りに苦笑する。

「四日のお茶会には皆様のお越しをお待ちしますつて。あの方飯頭役を承つたと仰つてたけど」

須弥は食後の無花果を洗つてゐた。

「亭主の補佐役だつたわね。飯頭といふのは。当然でせう。胎動の聞える胃潰瘍ぢや亭主は勤りませんからね」

沙果子ははつとして顔を上げる。須弥にも似合はぬ厭味なもの言ひであつた。

「お母さん、あの方が嫌ひ?」

答へは即座に返る。

「嫌ひぢやありませんけどね。なさる事があまりにも手が込み過ぎるわ。胃潰瘍はどうでもいいんです。私だつて仮に同じ立場ならさう繕つたかも知れないもの。そつとしておいてあげたいくらゐよ。でもその前に、さういふ身体になつてからでもあの方正午にただならぬ御執心だつたやうね。あの子てんで問題にしてゐなかつたから私も黙つてたけど、まるで許婚者《いひなづけ》か何かみたいな狎狎《なれなれ》しい御様子。私へのお言葉でもうつかりしてゐると姑扱ひの妙なお優しさでね。正直に言ふけどついこの間まで正午さへその気になつてくれたら嫁にとさへ思つてたのよ。今になると腹が立つの。よくまあ抜け抜けと何食はぬ顔で正午に思はせぶりなことを仰つてたものだわ。その辺まで読んでゐたのなら正午も立派ね。私も無駄に年を取つてしまつた。若い人はこはいわ。左東子さんは返り咲いて亭主をお勤めになるけど私はそろそろ隠居したい」

憮然として無花果の皮を剝く母を見るとそぞろ哀れを催す。この上腹の子の父が立春ではないと知つたらどんな顔をするだらう。

「あの方は例外よ。稀少価値。昔誰かに爪の垢を煎じて飲めなんて言はれた時口惜しくつて、未雉子さんの爪の垢には青酸加里が入つてゐるだらうから厭、なんて言ひ返した覚えがあるけど万更見当違ひぢやなかつた。でもお母さん私も負けちやゐないわ。いいえ復讐の喧嘩のつて物騒なことは申しません。あのくらゐの毒ならみんごと消して見せるし、あの方が茶道の名手なら私は晩熟ながらジュウエル・デザイナーとして一人立ちしませう。それまで隠居なんかしてもらつては困るの。無花果、五つばかり残しといてね。兄さんはそれ嫌ひだから私みんないただく」

籠を押しやつて須弥は立上つた。

「ぢや正午の部屋お願ひ。私、離室をざつと掃除してくるから」

沙果子は手を振つて止める。

「お止しなさいよ、お母さん。また後で叱られるだけだから。あの化物屋敷は触らない方がいいわ。何が飛出すかわからない。本当よ」

それもさうだと躊躇はしたもののまた思ひ返して、

「洗濯くらゐしたつていいでせう。この間もね、私の留守にパジャマを洗つたのは感心だつたけど後が放つたらかし。あくる日蓋を開けたら底にパイプが転つてるの。あんなものと一緒に洗濯したら脂がつくのにねえ。今度帰つて来たら叱らなくつちや」

言ひ残して歩き出す須弥に、沙果子はキチンの小卓のパイプを見ながら言ふ。

「パイプつてあれ？　でも叔父さんのぢやないわ。あの紫檀の、吸口に金環の入つたのはお父さんのだわ」

須弥は聞き流して離室の方へ姿を消した。

沙果子は寝台の下まで布箒《モップ》で拭き清め毛布を陽に曝し枕カヴァーを替へ、書架の一輪挿に飾らうともう一度木犀を剪りに外へ出た。藍色の毛布が風に翻り正午のにほひが仄かに漂ふ。手頃の枝を二、三本選んだ時離室から須弥が出て来た。

「おや、木犀はさつき剪つたんぢやなかつたの？　あまり荒らすと来年咲きませんよ。それより沙果子、これを御覧、空晶つたらローマイヤーのサラミを持つて行つて一寸齧つただけで放つてるのよ。寝室の椅子の下に転つてるの。だからいくら叱られても時時は覗かなくつちや。大丈夫よ。あるべきものは元の場所にちやんと戻して掃除機をかけといただけだから。洗濯は済まして干したから夕方までに乾くし。私一寸お夕食の買出しに出ますからね。何がいいか知ら」

根元の秋海棠も一茎手折りながら答へる。
「私、お結びが食べたい。黒胡麻と朧昆布と桜海老をつけて。お菜は鰹の角煮と牛蒡の味噌漬」
言ひながらまた急に空腹を覚える。
「遠足ぢやあるまいし。欲しかつたら作つてお上り。御飯はお昼のが残つてるから。お父さんや正午にそんなもの食べさせられやしないし、さて何にしよう。ビーフ・シチューでも拵へようか。正午の好物だから」
二人は肩を並べて母屋に入る。須弥が出て行つた後正午のベッドを整へ花を挿し終つてから沙果子は気紛れに言つたお結びを作りはじめた。遠足ぢやあるまいし。いいえ私は遠足に行く。迷宮巡りも遠足の中に数へ、ミノタウロスに逢つたらこれを進上するまでのこと。「旅への誘ひ」を口遊み、
D'aller à-bas vivre ensemble !
Aimer a loisir,
Aimer et mourir
と声を顫はせた時、いきなり玄関から半畳が入る。
「一緒に行くのはいいが死ぬのは御免だよ」

正午が日灼けした顔をぬつと出した。

「びつくりするぢやないの。ああ興冷め。折角陶然としてゐたのに。まいいや。お帰りなさい。お部屋綺麗にしといたわ」

沙果子は桜海老を摘みながら目顔で二階を指す。

「ボードレールと握り飯つて何の判じ物だい？　驚くのはこつちさ、お前はぢやあ引続いて陶酔してろよ。ぼくはそれを食ふから、丁度腹ぺこなんだ」

言い終らぬうちにさつと手を延ばす。

「さう思つて作つてゐたの、みんなお上りなさいな。但し今夜はビーフ・シチュー。トマト・ピューレをたつぷり入れてフレッシュ・クリームで仕上げするんだけどな。さ、構はなきやどしどし召上れ」

わざと押しつける竹編みの皿を睨んで正午は一思案。

「弱つたなあ。いづれを採るべきか。これを食つちまふと大好物のビーフ・シチューが咽喉を通らず、さりとてこの空腹にこの珍味。さてどうしよう。沙果子、ぼくは最近これほど進退谷つたことはないぜ。待てよ。賢策が閃いた。さうだ。満腹しないやうに一つ二つ食へばいい。ぼくは天才かも知れないな。茶を頼むぜ」

沙果子も一つ口にしながら明るく笑ふ。

「きつとさうよ。今夜お父さんに智能指数調べてもらつたら？　二十五歳でよくもそのやうな難問をつて哭いて歓んでくれるわ。はい、お番茶ですけど私同様出花」

二つ目を頬張つた正午が流し元の籠を見て顎をしやくる。

「おい、そこにあるソーセージどうしたんだい。尖の方を齧り散らしてさ。ぼくの留守中に猫でも飼ひ初めたのかな」

沙果子は鼻であしらふやうに答へた。

「猫はゐないけど虎が飼つてあるの。五黄の寅が」

正午は一瞬焦臭《きなくさ》い表情になつた。

「その虎がいつ盗み食ひを働いたのかな。沙果子、部屋へ行かうや。その方がゆつくりする。着替へないとまだ仕事の延長みたくつて落着かない」

正午がスラックスを穿き替へ群青のスウェーターに手を通した頃沙果子が入つて来た。

「サラミの話から聞かうか」

水を向ける兄の顔を沙果子はまともに見返す。

「それより先にね、兄さん。四日の名残の茶事に一寸顔を出さない？　十時からってのが極《きまり》なんだけど都合つくか知ら」

正午は胸の中で暦を繰る。

「四日はええつと水曜か。午後の会議に出ればいいんだから午前中なら構はない。だけどぼくは苦手だなあ。勿体ぶつてお服加減がどうだとか一勢に箸をぱちりと音をさせて置くだとか。袱紗か何か知らないがひらひらさせて人形劇の闘牛みたい手つきするのも噴飯ものだぜ。何が一期一会だい。道具と衣装の競合《せりあひ》ぢやないか。あまり気が進まないや。第一またあのお嬢様宗匠に絡まれたらどうする?」

尻ごみする正午を賺すやうに、

「お茶の次第はどうでもいいの。私も兄さんと意見は違はない。ただね、集る顔触れが面白いと思はない? 例の事件に大なり小なり脈絡のありさうな人物は全部出揃ふはずよ。私、兄さんにはその一人一人の表情をよく見ておいてほしいわ。お得意の閃きがあるかも知れないから。初釜には招かれるかどうかわからないし。飾磨家四名全部呼ぶつてのは前例のないことでせう。未雉子さん何か思惑があるのよ。兄さんに逢ひたいからなんて奇篤な志はもう持つてゐやしない、あの方」

と言つて正午の顔色を覗ふ、別に動じる色もない。

「それは忝い。最上君の忘れ形見を生むのならそれが当然だ。きつと彼も例の強引な手口に陥落したんだらう。お前が好きだつたのに。あいつ柔道なんかやつてたくせひどく繊細なところがあつてね。稽古着なんか五着ばかり持つてゐて冬でも三日置きに替へてたつけ。ぼくなんか真夏でも一週間や十日放つたらかし。時時持つて帰つて一緒に洗濯に出してくれたこともあつたなあ。あの頃道場の裏に花苑があつてね。いつも何か咲いてるんだ。用務員の夫婦が作つてるんだと思つてたら何とあいつが種蒔いたり水遣つたりしてゐるのさ。それも匿れてだぜ。昔から貴船嬢のことなんか話題にもしなかつた。敬遠してたはずなんだ。ただ一つあの頃お前にも言はなかつたが二、三度彼女と一緒だつたのを見たことがあるにはある。今にして思へば人目を忍ぶやうな様子だつた。だがお前がこの前言つたやうな深刻な仲だとは夢にも思はなかつたよ。ともあれ彼の死を周るドラマの登場人物が全部顔を見せるのなら一寸興味はあるな。何食はぬ顔で久濶を叙するのも悪くない趣向だ。一緒に行かうぜ。この恰好でいいんだらう？」

沙果子はかぶりを振る。

「駄目。お茶会は半礼装が常識になつてるの。お母さんなど先月から大騒ぎしてるわ。私はカクテル・ドレスにするけど。兄さんは黒のドスキンのダブルよ。いいえ、先月告別式に着て行つたのは背抜きだから押入の函に入つてる方。また顔を顰めてる。肥つたから窮屈なんでせう。毎朝ランニングでもして見たら？　それ以上肥ると女の子に嫌はれるわ。嫌はれてもいいつて顔に書いてるけど、早く適当なの見つけて結婚なさいよ。お母さん待つてるらしいの、孫の顔が見たいんでせう」

話は次第に逸れる。

「生意気言ふな。妹のくせに。ぼくはあと三、四年絶対結婚なんかしないぞ。何だい。お母さんまだ五十くらゐだらう。慌てることないや」

正午の膨つ面に午後の陽が翳る。

「いくつだつていいじやないの。私もします。いづれそのうちに。兄さんは最上さんとは違ふんだからお母さんに立派な孫が見せて上げられるわ。私も見たい」

沙果子はうつむいてさう呟いた。

「分別臭いことを言つてると器量が落ちるぞ。誰だつて結婚すりや子供くらゐできらあ。厭でも応でもな。そんなに子供の顔が見たいんならどこかで生ませて来ようか。そらまた怒るだらう。最上も生きてりや貴船家へ入聟でもして立派なパパぢやないか。死んだのはあいつの罪ぢやないや。変なこと言ふとぼくも怒るぜ」

話は一向に通じさうにもない。しかしそれ以上曝き立てるのは沙果子に堪へられることではない。そして今沙果子の胸中に渦巻いてゐる疑惑はそれ以上に複雑な要因を含んでゐる。半ば匙を投げかけて思ひ直し一膝乗り出して兄の顔を見た。

「子供の話はやめませう。ただね、未雉子さんは姙娠をひた隠しになすつてるわ。そして赤ちやんのパパは最上さんぢやありません。今朝裏でお目にかかつて三十分ほど立話したの。例によつて巫女の口寄せみたい摑みどころのない内容だつたけどそれだけははつきりしたわ。どうせさう言つたつて兄さんにはわかつてもらへさうにもないけど。ま、それはそれとしてさつきのサラミ、どう釈《と》いた？　あれは離室の寝室に転つてたのをお母さんが見つけたのよ。買つたのは先月、彼岸の中日かその次の日からしいわ。お母さんの話では私も兄さんも家を明けてゐて、そら淡輪の伯父様のところでお孫さんが生れて、一日中雨の二十六日にお祝に行つたでせう。でせうもないわね、知らないんだから。ともかくその日はお父さんが留守番、それに折悪しくか折良くか空晶叔父さんもゐたんですつて。でも考へてみるとかういふ入違ひつて初中終《しよつちゆう》でせう？　二人と三人。いいえ顔が揃はないのは仕事も違ふことだし無理はないの。でも心の方も二人と三人に分れてゐると思はない？　お父さんと叔父さんは何か暗黙の諒解があつて私達家族と別次元で生きてゐるやうな気がするの。邪推か知ら。次元の裂目にソーセージが落ちてゐたと言へばこれは飛躍になる？」

早口の雄弁には正午の口を挾む隙もない。沙果子は結願の一日、家族の留守中に生れた四次元の空中楼閣を思ひ描く。迷宮はそこにあるのかも知れない。洗濯機のパイプ、齧りさしのサラミはその痕跡ではあるまいか。母にさりげなく質して知つた痕跡のディテールを沙果子は逐一兄に説明した。

「叔父さんはサラミ・ソーセージがさう好きぢやないわ。その日冷蔵庫にはウィンナもボーンレスハムも入つてゐたさうよ。叔父さんはうちの台所から好きでもないサラミを持出さなくつても、離室のキチンには貝柱だとかカシュー・ナッツ、それにブリオーシュくらゐいつも用意してあるさうよ。私もいつだつたか見たことがある。お母さんも気をつけて補充したり、留守が続くと持つて帰つたりしてゐるの。サラミはお父さんの好物。だから離室へ持つて行つたのはお父さんよ。フランスパンが一箇まるごと横にあつたといふのもその証拠。あれは冷蔵庫ぢやなくて一番奥の戸棚のパン籠に入れるのがうちの決りだから叔父さんが一目で見つけてといふわけには行かない。もう一つ、洗濯は叔父さんがしてパイプはお父さんのが忘れてたつてのも変よ。二つとも変なの。第一あの叔父さんが、よしんば食物が切れたつてうちへわざわざ物色に来るもんですか。洗濯だつていくら溜らうと自分でするなんて奇蹟に近いわ。その点お父さんは小まめにやることもある。なら答は一つ、その日お父さんはサラミとパンを持つて離室へ行つた。齧りかけたけど他に熱中することがあつて放つておいた。叔父さんのパジャマはお父さんが洗つてやつた。煙草を吸ひながら。あるひは洗ひ上つてブザーが鳴り、取り出しに行つた時あの棚の上に置き忘れた。あのパイプは書斎ではほとんど使はないわ。散歩する時とか立つて手を動かしてゐる時だけ。結論としてあの雨の一日、お父さんは離室で過してゐたか、かなり長い時間一緒だつたはずよ」

沙果子の熱弁の切れ目を見計つて正午が口を開く。

「それが一体どうだつて言ふのさ。至極当然の成行ぢやないか。仲違ひしたわけでもあるまいし。二人一緒にゐて何が悪い。たとへばぼくだつてお父さんの立場だつたら食物抱へて離室へ話しこみに行くぜ。お前頭がをかしいんぢやないのか?」

沙果子は身を揉むやうにして答へた。

「話は終りまで聞いて頂戴! 誰も悪いなんて言つてません。をかしいのはあのお二人さん。二人で退屈な雨の休日を過したのならさう言へばいいぢやない? ところがお父さんは書斎で本や資料の整理に大童、シャツの袖まくりで一日潰れ離室へ行く暇もなかつたといふ話よ。夜帰つて来てお母さんがお夜食に呼びに行つたら、顔を見合せてお互ひに朝から初めてみたいな口吻だつたさうよ。をかしいのはそこなの。どうしてそんなお芝居をするのか知ら。別次元で、私達の手の届かない世界で生きてゐるのをひた隠しにしようと思ふリアクションだわ。私達の知らないいま一つの世界で何かが起つてゐるのよ。もう大分以前から。最上さんのことだつて叔父さんは一部始終を誰よりもよく知つてるはず。あの晩最上さんが離室にゐたと私が言ふのに兄さんは妄想だと軽く一蹴したでせう。その前に兄さんが離室へ行かうとしたらお父さんが行くなと言つて通せんぼしたでせう。これでも疑問を持たないのなら兄さんは余程おめでたいわ。もっと言ひますけど貴船さんとも最上さんとも二人はそのもう一つの世界で往来《ゆきき》してゐるのよ。今朝未雉子さんが『永らくお目にかかりませんけどお健やか?』と仰った時さう思った。皆上手の手から水を洩らしてるの。だだ洩れとも知らずに。だからこそ兄さんと一緒にお茶会へ出たいのよ。二人を周るお歴歴の一挙手一投足、言葉の端端をさりげなくよく観察してほしい。これだけ言へばわかった?」

正午は溜息をついて妹の紅潮した顔を見つめる。

「なあ沙果子、親子の間ぢやないか。率直に聞けばいいだらう。疑心暗鬼、心で骨肉相鬩《せめ》ぐなんて情ないや。よし今夜ぼくが尋ねてやる。お前も一緒に来いよ。お父さんは七時頃帰るはずだ。お母さんには黙ってろよ」

沙果子はさらに深い溜息をつく。

「単純ねえ。兄さんは。どうしてさう善意で固めて常識で割切るの。尋ねて御覧なさい。答は私が言ってあげてもいいわ。お父さんは専門家よ。精神病理学の講義を小一時間拝聴するのが落ちね。パイプか、ああ、あれは空さんに貸してやったんだ。サラミ?　空さんがたまにはこんなものも食ってみようと言って持って行ったのさ。いや手が離せなかったもんだから勝手に出せと言ったんだ。別の次元?　何の事だい。人間は一人一人形而上と形而下に引裂かれて生きてゐるんだ。心の内奥まで隈無くさらけ出してゐたら肉親だらうが親友だらうが一日と保《も》つはずはない。沙果子、お前のパラノイアは相当重症だぞ。飛鳥井先生に診てもらひなさい。明日電話でよくお願ひしておくから。正午、頼むよ。沙果子が妙な取越苦労しないやうにお前も気を遣つてやつてくれ。まあざつとこんなところね。完全犯罪つてきつとあゝいふ人が成し遂げるのよ。お母さんになど言へと命令されたつて言はないわ。兄さんにさへ通じない話がお母さんに通じると思ふ？兄さんに輪をかけた善人。叔父さんのこともお父さんのこともただの一度も、これつぱかりも疑つたためしなし。あれで生涯通るものならそれに越したことはないものねえ。でも、これは私の独断かも知れない。ひよつとするとお母さんは二枚も三枚も役者が上手《うはて》で何もかも底の底まで見通してゐながら知らない振りしてるのかな。万一さうだとすればなほさらうつかりしたことは言へないわね」

ほとほと兜を脱いだといつた表情で正午は外人擬きに両手を大きく拡げ頭を下げた。

「ま、さう言へばそんなものかね。巫女のかんなぎのと人のことを言ふけど、沙果子、お前も立派なシャマンぢやないか。ぼくは善人でも健康馬鹿でもいい。お母さんの息子だ。表通りだけ見て歩くよ。アガサ・クリスティやダフネ・デュ・モーリアの小説は昔つから性に合はないんだ。アイリス・マードックもな。さういふ世界はお前に任すぜ。

もう一つの世界に上半身を突込んで爪先立ちで生きるなんて器用な真似もぼくには出来ないが、もしお前がその迷宮巡りとやらに旅立つのなら、こちらの世界から糸、ぢやない丈夫なマニラ麻のロープを送り込んで待つてゐてやるから安心しろ。牛頭《ごづ》でも虎頭《こづ》でもいざと言ふ時は大外刈でもかけて投げてやらあ」

天真爛漫の宣言に、もうこれ以上何を言つたつて堂堂巡りと覚り沙果子は立上つた。

「大外刈も虎刈も結構よ。それよりその百日鬘みたい頭みつともないわ。散髪していらつしやい。丁度帰つて来た頃夕食になるから」

逆はずに出かけてゆく兄の悠悠とした歩みを後から見て沙果子はまた溜息をつく。つきながらも心は軽かつた。一輪挿の木犀が冷やかな香を放ち黄昏にはやや間のある日射が煙のやうにまつはる。

沙果子が勝手口へ下りたところへ須弥が帰つて来た。買物用の手押車に満載した紙包の底の一つを急いで引抜き、ポリエチレンの袋を剝ぎ剝ぎ、

「これすぐに水煮を始めて頂戴、もう四時過ぎでせう。一時間半は煮なくつちや」

とシチュー用の角切の肉を手渡す。片手に提げてゐた花の包みを傍に置き、早速鍋を火にかける沙果子に、

「帰りに幹八さんへ寄つて菊を買つたの。一寸早過ぎたけど先月の九日の晩旧の重陽には活けますつてお父さんに約束したから。あしらひは何にしようかと迷つてゐたら杏八さんが出て来て落霜紅《うめもどき》を見計らつて下すつた。お金を払つたら、桔梗を七、八本別に包んでねえ、沙果子さんに差上げて下さい、一輪挿にでもなさるやうにつて。悪遠慮するのもなんだからいただいて来た。四日にお見かけしたらお礼言つといてね。あの方もい い若衆におなりになつた。おいくつだつたか知ら」

　と目を細める。沙果子は振返りもせずフライパンに肉を転がし賑やかな音を立てて焦目をつけてゐる。

「兄さんより一つ上、花にラブ・レターでも匿してゐない？　評判のドン・ファンだから警戒した方がいいわ。でもそれにしちや古風な手ね。王朝物語でも読み齧つて古風な新手でも考へ出したのかな。あの人の従弟が真菅屋の道生。私ずつと学校一緒だつたけどこれがまた杏八さんに輪をかけたやうな女蕩し。あまり嬉しさうな顔していろんなもの貰はないでね。プレゼントしたいなら直接お渡しなさいと言つて頂戴」

　須弥は紙包を次次と拡げて調理台に並べる。

「誰も嬉しさうな顔などしやしません。男の人のことをさうづけづけ棚卸しすると嫌はれますよ。杏八さんて方、さう言ふけど正午とは割合仲がいいんでせう？」

沸騰しはじめたシチュー鍋のあくを網杓子で掬ひながら沙果子が気のなささうな返事、

「中学、高校の頃思惑があつて兄さんに随分親切だつたからよ。サイクリングだボウリングだと初中終誘はれてたの、あの頃は。妹の私も一緒にといふ条件つきでね。一年先輩だし、そりやたしかに気風《きつぷ》のいいところもあつたから兄さんには今でも友達の一人でせう。最上さんほど親密ぢやなかつたけど。学校の関係もあつて」

須弥はエプロンを着けて沙果子に並び馬鈴薯を剝き出す。

「さう言へばたしか最上さんのお店の屋上苑だつたかを造る時も力を貸していただいてたやうね。あの頃二、三度お見えになつたこともある。お父さんや叔父さんにも御無沙汰してゐるがお元気かつて行届いた御挨拶だつたわ。御主人はお留守だつたけど立派に跡を継いでいらつしやる。何とかかとか言ふけど両家とも御安泰よ。あの様子ぢや」

瓦斯の火をやや細めて沙果子は母の横顔を眺めた。御無沙汰？　お二人に？　今朝未雉子もさう言つた。殊更に。頭の中に微かな火花が散る。杏八も亦父や叔父に逢つてゐる。打消が疑問に変り強い肯定に転ずる漢文話法。それももう一つの世界への道しるべではあるまいか。

須弥は人参の皮を剝いてゐる。聞き覚えのある古い流行歌を口遊《くちずさ》み、夫と息子のためにひたすら飲食《おんじき》を調へるかなしい善女、ひよつとすると杏八をさへ娘の未来の聟の候補者に想定しはじめたのか。沙果子はふと思ひついて戸棚を物色する。

「お菓子が切れてるわ。何か買つて来た、お母さん」

庖丁の手がはたととまり、

「忘れた。まだ罌粟餅が残つてゐると思つてたけど、あれ昨夜食べてしまつたんだわ。どうしよう」

と小さく叫ぶ、沙果子は微笑して答へた。

「いいわ、一寸他に用事もあるから真菅屋へ行つて来ます。『菊重《きくがさね》』や『重陽』はやめて『萩の月』でも買つて来るわ。どうせ兄さんはお菓子食べやしないけど。果物はあるのね。冷蔵庫のアレクサンドリアで十分でせう?」

言ふなり身を翻して二階に上り、カーディガンを羽織り橙紅の口紅を引き直すと急いで家を出た。

真菅屋主水の店は残照をうけて納戸色の暖簾が揺れてゐる。入らうとする出会頭に道生がゴム・ホースを引摺つて出て来た。

「あら、久し振りに買物に来たのに水を掛けて追つ払ふの?」

わざと軽口をきいて睨むと道生も乗つて来た。

「これはこれは飾磨家の令嬢、この春同窓会でお目にかかつたつきり。聞くところでは宝石を煮たり焼いたり遊ばしてるとか。これは冗談だけど元気？　菓子なら今日は残りものばかり。干菓子の方がいいぜ。防腐剤使はないだらう。だから生菓子は三時頃までにお仕舞になるやうに作るんだ。このごろは足が早いから。おれ水撒いた後で寒天の問屋へ行くから乗せてやらうか。先に買物済ませろよ。奥に親仁がゐる」

暖簾を潜つて陳列ケースの中を覗いてゐると次の間から主水が半白の頭を先立てて罷出る。「萩の月」二十箇入を頼んで代金の千円札をシースから引抜いた。無地熨斗をかけながら主水が後向きのまま言ふ。

「よいお日和でございましたな。すつかり秋で。お嬢様、これから栗を使つたものも追追出しますのでまたどうかお試しを。お父様も叔父様もお変りございませんか。とんと御無沙汰を申上げてをりますがよろしくお伝へを。あ、さうさう貴船様の名残りのお茶にはお出ましでございませう。いづれその節」

沙果子は俯いたまま微笑した。例によつて例のごとし。一つ穴の貉がまた一匹。この劫を経たのは絶対尻尾を見せないだらうが表に巣離れして間もないのがゐる。

金を受取つて恭しく一礼、奥の事務机に取つて返す主水を見ながら沙果子は外へ出た。道生は人通りの絶間を見計つて中空へ水を噴く。夕虹が一瞬きらめいてたちまち消えた。

「その先の本屋で週刊誌見てるわ。早く来てね。お父さんに黙つてるのよ」

沙果子の頬に浮ぶ微笑を何と思つたか道生はいそいそとホースを巻いた。

「直ぐ追つかける。五分とかからない。すつぽかすんぢやないぜ」

五十米ばかりウィンドウ・ショッピングして本屋の店頭、女優が失踪したり歌手が失明したりの賑賑しいウィークリーの表紙に目を遊ばせてゐるとライトヴァンが滑るやうに近づいて店頭で止る。ドアを開けに下りようとする道生を目顔で止め、さつさとシートに躪り込み、

「道順だから先に寒天だかジェリーだかの仕入済ませたら？　鳴水町の角のお店でせう？　隣の『瑠璃』で珈琲でも飲みませう。教へてほしいことがあるの」

夕映がまともにフロント・グラスに射して振返る道生の顔が見えない。

「どういふ風の吹廻しかな。こはいぜ」

口笛を吹き五分ばかりで鳴水町、それならとモーター・プールに車を預けて問屋へ走る道生に、

「二階の窓際にゐるわ。多分がら空きだから」

と手を振つて別れた。

「瑠璃」は案の定客の影もまばらで仄暗い店内にミカエラ・モンテネグロの歌ふ「黒天使《アンヘリートス・ネグロス》」がもの憂く流れてゐる。二月ばかり足を向けない間に壁面のレイ・アウ

トがらりと変り空色の地に紫紺の花花の群り咲いた図柄の壁紙、飾りはブードゥー教か何かの仮面《マスク》が五つ六つ、それも藍と黒とに塗られてゐる。カウンターには新顔のマダムらしいのがひつそりと立ち顔見知りのマスターは見えぬ。二階への階段の手前で沙果子が黙つて上を指さすと目だけ笑つて会釈する。

備へつけのファッション雑誌を拡げたところへ角刈のウェイターが伺候する。キリマヌジャロを注文して、

「一寸来ない間に代替りでもしたのか知ら。何だかすつかり感じが違ふ」

と問ひかけると、

「いやあ、少少模様替しただけですよ。下にゐるのはマスターの妹さんでね、ずぶの素人。マスターが他の事で忙しいもんだから雇はれマダムつてとこです。マスターはチェッコへ行きました。ボヘミアングラスの国際見本市だとか。かなりうるさい方なんですつて、ガラスの方では。見かけによらないでせう」

聞きもせぬことまで喋つて下る。この春頃から見るが一癖ありげな面魂、茶房の給仕で明暮れる柄ではない。アイヴィ・ルックの歴史を一通り目でたどり珈琲を七分目飲んだところへ道生が現れた。ウェイターとは懇らしく符牒まじりで競馬の話を一しきり、注文を聞いて引揚げると膝を乗出した。

「ところで話つて何。情夫《ひも》にでもなつてくれつてのなら今夜からでも身体空いてるんだ。月五万、いや三万で手を打つぜ」

下司な話振りだが悪擦れはしてゐないので却つて気安く、

「ひもの方は間に合つてるわ。ゴム入りのから真田まで一通り揃へてるから御心配なく。それより私来年印度へ行くつもりなの。ショヴェル片手にルビーを掘りに行くんだから応援してね。ところでそら真菅さんの悪友の猪原さん、庭球部のキャップやつてた。あの人エア・インディアにゐるんでせう？　私全然と言つていいくらゐおつきあひが無かつたけど。聞くところではキャンセル切符の肩替りなんかで随分廉く行けるらしいのよ。あんた口きいてくれないか知ら。少少ならリベートあげるわ。お願ひ。来年三月頃の話でねえ、とりあへずカルカッタまで。都合によつてはマドラスでも構はない。もつとも気が進まなかつたら別の方法考へるから無理にとは言はないけど」

と内心はどうでもいいやうな話をもちかけた。道生は大きく頷く。

「いいよ。早速頼んどくさ。あいつとは今でもよく会ふんだ。おれもついこの間そのキャンセル切符の出物でジャカルタあたりへ行かないかつて誘はれたよ。ヴァニラや丁子の輸入ならいい足掛りだけどうちは和菓子だもんな。罌粟の実なら間に合つてるし。あ、さうだ。あんた四日の茶事には行くんだらう。その時にまた連絡するぜ。お宅は四人、いや五人とも招かれてるらしいね」

すかさず沙果子はその言葉尻を捉へる。

「さう。十時過ぎに伺ふつもり。私は半歳ぶりだつたけど父や叔父には最近会つたんでせう？　道生さん、あれ何の集りだつたか知ら」

道生は反射的に答へた。

「彼岸の中日、最上立春さんの二七日だらう」

言つてしまつてはつと唇を嚙む様子、沙果子はその怯みをわざと取り違へて、

「いいのよ。あの方のことは。あなた方の目にはどう映つてゐたか知らないけどお飯事《ままごと》の恋愛ごつこだつたんですから。貴船さんにさう言はれたわ。御法要があつたのならいつそお供物でも持つて私も伺ふのに。父や叔父まで私に気を遣ふのよ。却つて辛いくらゐ！」

わざと声を潤ますのに釣込まれて道生は、

「ちがふんだ。貴船さんの別荘で……」

と口走りまたぐつと詰つた。沙果子は目を見返す。べそをかいた口もとが弛み、

「それ言つちやいけないんだ。顔が合つたのを知つてるやうだつたからつい口が滑つちまつた。おれから聞いたなんて絶対言ふなよ。言つたらおれが……」

とにはかに哀願口調、沙果子は微笑して、

「あんたが進退谷るつていふわけ？　大変だ。言ふものですか。ぢやあんたも印度行の航空券のこと伏せといてね。私叔父に知られたくないの。いろいろ世話を焼かれたり説教されたりすると鬱陶しいから。さ、出ませう。世間がうるさいから道生君先に出てよ。伝票は私がもらつとく。さやうなら」

逐ひ立てられるやうにして道生は席を立つた。明らかに破戒である。「一切他言無用の事」の一切には単に罌粟に止らずこれに関る会合、行事其他諸諸が含まれてゐるのだ。飾磨家の家族三人には特に厳しい配慮を常常耳打されてをり、万一秘事が洩れたら先づ糾弾を受けるのは天道であらう。罌粟のことだけは喋らなかつた。法要のことくらゐ知つたとて沙果子はそれ以上何を勘ぐらう。立春の名を聞いた時の動揺、あれでは他のことを推察する余裕もなく、また第一その理由もない。

道生は自責と自慰に顚倒してゐた。唇から血の気が引き、うつかり車の鍵を忘れるところだつた。取りに戻つて飲みさしのコップの水を覆し照れた笑ひも寒寒《さむざむ》としてゐた。

五分ばかり置いて一階へ下りふとカウンターを見ると正午がゐる。刈りたての項が青く冴え近づくとラヴェンダーの烈しい香、後から肩を叩き、

「飾磨さん、お久しぶり。いやねえこんなところで浮気なすつてちや」

と未雉子の声色。マダムが気を利かせた風に奥へ退き、古参のウェートレスに何か耳打してゐる。正午がやをら頭を回転させて妹を認め、

「何《なあん》だ。びつくりさすなよ。浮気なんて人聞きの悪い。お前こそ何してたんだ。丁度いいや一緒に帰らうぜ」

止り木からさつと下りて伝票を摘んだところへ、

「ほんとに丁度いいわ。私のも一緒にね」

と掌へ滑りこませる。苦笑しながら財布を出すところへマダムが近づく。

「失礼申上げました。妹さんですつてね。綺麗な方がいきなり後からお久しぶりなんて仰るものですから、てつきり飾磨さんの恋人、お似合だわと思つて奥の眉子ちやんに言つたら大笑ひ。さういへばよく似ておいでですこと。私先月から……」

沙果子が後を引取る。

「マスターの妹さんでせう? 上で伺ひました。眉ちやん、恋人だと言つといてくれればいいのに。兄にはさういふ気の利いたのが未だにないんだから」

年嵩の、遣手婆あめいた眉子が珈琲を挽きながら睨む。

「ゐないならゐないでさう言へば私がなつて上げるのに。でもこんなハンサムぢや荷が勝つわ。何ならこのマダム如何、マダムといつてもまだ勿論ミス。名は遊希子《ゆき》芳紀二十

三歳。英語仏蘭西語ぺらぺら。来月マスターが帰つて来るまでのお手伝ひですからね、口説くのなら今のうちよ。それよりさつき二階で菓子屋の坊やと御一緒だつたでせう？ あの子凄腕ですからね。老婆心ながら御警戒をおすすめします。あつ、珈琲が噴いてる！」

　遊希子は含羞《はにか》みながら二人を等分に見て、

「お揃ひで毎日でもお越し下さいませ。お兄様にはここの模様更へのアドヴァイスをいただきましたのよ。壁は瑠璃にちなんで青と紫、兄が皆様に自慢してをりますわ。この次にお出でになつたらアイルランド珈琲を御馳走します」

　なるほどずぶの素人らしい初初しさだが怜悧な性《さが》は澄んだ眸に閃く。

　扉を押して外に出ると夕闇が街を包んでゐた。

「沙果子、また何か企んでるな。真菅道生とランデヴーしてたんだつて？ 木乃伊採りの木乃伊になるぞ」

　正午が肩のあたりで振仰ぐ妹に目だけ怒つて囁く。

　沙果子はこみ上げる笑ひを殺して言つた。

「木乃伊になつたのは道生君の方よ。一寸人の悪いやり方で気がさしたけど誘導尋問を試みたの。彼釣込まれてすらすらつと喋つたわ。九月二十三日、彼岸の中日に貴船さんの別荘で最上さんの二七日の法要があつたらしい。お父さんも叔父さんも、勿論貴船、最上、真菅の一族郎党大挙参集した。仏事だから別院の空水和尚も行つた。この辺までは推察が可能よ。でもそれは表向きのことだと思ふの。それだけのことにどうしてあんな昴山麓くんだりまで行く？　集りのあつたことを一寸洩らしただけで彼後悔臍を噛むといふ有様、喋つたことを秘密にしてくれ、万一知れたら一大事だと取乱して可哀想なくらゐ。あの子図太いので有名だつたのよ。二十三にもなつた大の男がおろおろするにはそれだけのことが匿されてゐると見るべきでせう？　兄さん別荘は知つてるの？　たしか一度最上薬草園へ行つたわね。例の店舗のテラスの本草デモンストレーションの準備だとかで。あの近くだと聞いてたけど」

正午は歩道橋の中程で立止つた。

「遠くから見えてゐた。山麓の地続きで相当な地所だつたと思ふ。何でも薬草園と同じくらゐの花園があつてね。幹八の売花もそこで栽培してゐるとか聞いたよ。でも二千坪はありさうな庭でそんなに花を作つて捌き切れるのかと要らぬ心配をした記憶もあるなあ。第一幹八の店の花の大半は出所の知れた温室物だらう。ま、よそ様の疝気を頭痛に病むことはなからうて」

だが沙果子は頭が痛む。今夜父に、叔父が居合せたら二人にずばりと切出さうか。その一瞬は恐らく胸が透くだらう。ただそれ以後はどうなるのか。またひらりと体をかはされて切歯扼腕するか、砂を噛む思ひ、修羅なす日日が重なるか。いづれにせよ不吉な予兆しか感じられない。

二人は無言で足を早めた。沙果子はわれながら小賢しい振舞を省みて悒鬱だつた。少しづつほぐれた糸はそのまま沙果子自身に巻きついてゆく。全部解け終つて迷宮の中央にたどりついた時は繭になつてゐるのではなからうか。秋蚕の薄繭、煮られ殺されその糸を誰かがまた糸車にかける。沙果子は慄然として正午の腕を執つた。

「兄さん、私こはい！」

正午は幼児をあやすやうな口調で言つた。

「大丈夫さ、智慧競べでもしてゐると思つてろよ。別に秘密結社の二重スパイぢやあるまいし。ぼくは腹が減つて眩暈がする。さ、早く帰らうぜ」

逞しい二の腕が妹を引張る。剃り上げた頰が街の灯に光り、百米ばかり先には貴船家の塀が見えて来た。「秘密結社」、その一語が突然沙果子の胸を刺す。さうなのだ。その秘密結社の本拠こそ、昴山麓の貴船家別荘ではないのか。裏道に沿つて木戸の方へ曲ると木犀の香が流れて来た。沙果子は微かに嘔吐を催して口に手をあてた。

第六部　玄鳥篇《げんてう》

飾磨家の奥の八畳は北向で昼も灯《ひ》の要る薄ら寒い部屋、不時の泊り客用にして平素は遊ばせてゐる。午後から急に思ひ立つたやうに須弥は畳を清め牀の間の置きつ放しの香炉を納つて菊を活けた。五時をやや廻つた頃だしぬけに空晶が帰つて来て声をかけると着物を改めた須弥がしづしづと現れる。

「あ、空晶、いいところへ帰つて来たわ。これから茶事のお復習《さらへ》をしようと思つてたの。滅多に出ないものだから手順も作法も何だか怪しくなつて来て。あんたたしか空水さんに遠州流を教つたはずね。一寸亭主役を勤めて駄目押しをしてくれない？　うちの者もみんな今夜は坐らさなくつちや」

相変らずの山賊めいた面構へで、

「いいぢやないか姉さん。素人は素人らしく自然に振舞つてりや。一夜漬の客法なんか却つて滑稽だぜ。正客や詰にならなきや別に気を遣ふこともなし」

と木で鼻を括つたやうな返事に須弥は、

「正午ならそれで通りますがね。いい年をした私がまごまごしてゐて御覧、物笑ひの種よ。沙果子だつて高校の頃遊び半分にやつてそれつきりでせう。お稽古に通はせようと思つても鼻であしらふし。他人事みたいに。あんた薄情なのね。出し惜みする気ならいいわ。幹八の杏八さんに一時間ばかり来てもらふから。あの人も唐物くらゐまでの許しはあるんでせう。お稽古前の子供に小習の手ほどきしてゐるつて聞いたもの。気さくな人だし一昨日にお花買ひに行つた時も一寸そんな話が出たの。いつでも参りますがお宅は空晶先生もいらつしやるしと頭を掻いてたつけ。あんたは留守つてことにして……」

半ば厭がらせの文句に空晶はにはかに軟化する。

「わかつたよ。お復習くらゐ見るよ。見りやいいんでせう。何も杏八なぞ呼ばなくつても。さ、始めようぜ。稽古茶碗は出てるのかい？　八畳か。あそこの茶室も広間だつたな。織部好みの燕庵《えんなん》写しにしたいと言ひながら稽古を兼ねて拡げてしまつたつけ。ただ露地は三重にしてゐるはずだ。ああ、鉄瓶なんか持つて来なくつても電気ポットで十分。どうせ略点前《りやくてまへ》だ」

気の変らぬうちにと須弥は押入から野点《のだて》用の茶道具を引摺り出して亭主空晶の方に押遣る。

「名残だから風炉は破風炉《やれふろ》か前欠《まへかき》を使ふだらうな。ああさうだ。感じが出ないからやはり菓子はおいとけよ、姉さん。主菓子《おもぐわし》と干菓子。それからどうなんだい、何も蹲踞《つくばひ》、手水鉢《づばち》からやらなくつてもいいんだね。あそこは中腰にならないやうに気をつけるんだぜ。手《てう》を洗つた柄杓は縦に持ち直して残り水で柄を洗ふ。この辺は正客のを真似すりや大丈夫さ」

須弥は頷きながら菓子を取りに立つた。

干菓子は沙果子が買つて来た「萩の月」にして、生菓子は買置きがないので昨夜作つた栗金団《くりきんとん》を代用にと散蓮華《ちりれんげ》で纏めて丸にし木鉢に盛つてゐるところへ天道が帰つて来た。スリー・シーズンのコートを脱いでキチンを覗く。

「誰かお客かい。靴も見えないが」

三つ目を盛りつけて須弥は真面目な顔で答へる。

「いいえ、私がお客様、丁度いいわ。あなたもお坐りになつて。うちでも名残の茶事の最中。お夕飯は幕の内を作つときましたからついでにあちらでね」

天道ははあと言つた顔で、

「なるほど。事前の道具改めと来たか。ぢや着替へて早速伺ふことにしよう。亭主は察するところ空さんか。彼のお点前は一寸したもんだらう、楽しみだな」

と心得て居間に引取つた。須弥が奥の間にとつて返すと襖が締つてゐる。さつと片手で開けた時中から声、

「開ける前に扇子を置く。次に茶室に香が炷《た》いてあつたら入つてすぐ締める。炷いてなかつたら詰の人が小さな音を立てて締める。忘れなさんな。次にまた扇子を置いて正客に一礼、この時亭主はまだ座に着いてゐない」

須弥は神妙なおももちで菓子を運んでから元の位置にとつて返して言はれた通りの所作、後から天道が帯を締めながら入つて来た。

「ほほう席入りの指南か。これは忙しいな。ぼくは飯頭《はんとう》でも承らうかな」

空晶の目がきらりと光りたちまち優しくなつた。

「義兄さんか、これは早い御着到。いや飯頭はいらないから正客になつて下さいよ。そのうちにお詰も誰か来るでせう。ぢや始めようか。ポットからぢかぢや勝手が悪いな。姉さん柄杓を取つてくれないか」

空晶は床の間の脇の一畳を道具畳に見立て、もつともらしい顔で安物の茶筅、茶器を手際よく並べ替へる。

「この袱紗は大分大きいな。塩瀬の松葉色だが一尺はあるから他の祝儀用だらう。男点《おとこて》前《まへ》は下から差込む。ベルトぢや艶消しだね」

言ひながら菓子を天道の前へ置き直す。右、左、右と三手で茶碗を膝前に構へ続いて棗を置く。空晶の顔が凛と引緊る。袱紗を捌き棗を拭き捌き替へて茶杓を拭ふ。ぴしりといふ塵打ちの音に、

「あれも男だけだよ」

と天道は傍に囁く。袱紗を腰に挟み茶杓を取り湯を汲んで置柄杓、茶筅投じと徐徐に進み、棗の蓋を取る手つきから湯を茶碗に注ぐ呼吸、茶筅の廻し方、見事な流れの中に微妙な間《ま》と節があり、平素磊落豪放な空晶がいつどこでと目を瞠るばかり。天道は目を細め須弥は一膝乗り出して見惚れてゐる。

空晶は居前のまま茶碗の向を変へて差出し、

「義兄さん、菓子は亭主が湯を汲む寸前に挨拶して取つてくれなくつちや。あんたも正客は一寸危つかしいやうですね。この前みつちり仕込んだはずなのに」

と窘める。天道は額を指先で叩いて照れる。

「いや失礼、君の冴えた点前に陶然となつて思はぬ失態。お菓子頂戴いたします。お先に」

亭主と次客の須弥にこもごも辞儀をして栗金団入の鉢を捧げる。懐を探つてはつとするところを隣から須弥が心得顔に懐紙を差出す。

「これは姉さんお手柄」

茶化したところへ玄関に訪ふ声、須弥は肩をすくめて座を外した。菓子を一口食べて茶碗を取りに進み出る天道に空晶が囁く。

「義兄貴、玄関の声は主水の道生ぢやないか。今日さる筋の情報ではね、彼と沙果ちやんが『瑠璃』で逢つてたらしいぜ。一しきり談合、道生は終始押され気味で終ひには逃げるやうにして帰つたとさ。蟻の孔から堤の崩れる前兆ぢやないかなあ」

例によつてがらりと変つた口調。天道は上目遣ひに、

「昔のクラスメートだからな。道生の奴沙果子を口説いて逆にしごかれてたんだらう。この頃ひどく気が荒くなつてるから。ま、立春君のこともあるし、悄気返つてるよりもと思つて大目に見てるんだ」

と訴へるやうな返事で座に戻る。襖の外で何やら押問答が続きやがて須弥が道生の腕を摑んで入つて来た。

「厭だ厭だと仰るのを無理にお連れしたの。お詰のお客様がゐないと恰好がつかないでせう。道生さんも小習は上げられたさうだから是非とも坐つていただきませうよ。ね、あなたもお願ひして」

道生の怯えた目と天道、空晶の胡散臭い目が一瞬切結ぶ。天道は間、髪を容れず、

「さうか、さうか。道生君これはとんだ災難、まあいいぢやないか。いづれは真菅屋の大黒柱だ。茶の席は場数を踏んでおいて損はない。今夜のお点前など所望したってさう易易と拝見できないんだぜ。さ、役不足だらうが末座に連つてくれよ。何なら私と代つてくれるかい。さつきから宗匠に叱られてばかりなのさ」

と応変のとりなし、道生は観念したやうに座に直る。

須弥も急いで金団を一口食べ天道が飯頭代りに手渡してくれた茶を型通り上手に置いて「今一服如何」の挨拶、次礼はわざと恭しく道生に「お先に頂戴いたします」と叩頭する。道生は廻された金団を口に含み思はず、

「小母様、玄人はだしぢやありませんか。梔子を使はれましたね。結構な色艶、味醂でせう」

と一廉のお追従、須弥はわが意を得たとばかりに縁拭《ふちぬぐ》ひもそこそこに、

「まあ、専門家に褒めてもらつて光栄だわ。道生さんさすが。味醂も入れましたけど蜂蜜をたつぷり。こんないい味なのに正午なんか一口も食べてくれませんの」

と弾んだ返事をする。空晶は茶杓の柄でポットを叩き一喝、

「これこれ、詰に坐りながらはしたないぞ道生君。銘菓評判は正客が亭主に対してするものだらう。それは飾磨家の家伝で『花隠』と言ふのだ。くちなしを隠して色に出た風

情、詰らぬことを口走るなといふ戒めにも通ずる。覚えておき給へ」

冗談めかせてゐるが目は冷やかに相手を視つめてゐる。

「申訳ありません。やつぱり坐るんぢやなかつた。実は一昨日沙果子さんから頼まれましてね。エア・インディアの友人のところへ行つて旅行案内なんかを沢山預つて来たんです。明日は朝六時から貴船さんの方へ準備のお手伝ひに行きますから今日中にお渡ししておかうと思つて……」

しどろもどろ、茶碗を持つ手もこころもち顫へてゐるが一応は作法通り飲み終り、空の木鉢を返しに立つ。二服目を空晶が点て初め「萩の月」を天道が摘む。空晶は替茶碗に湯を注ぎながら、

「道生君、印度のことならおれに任しときなさい、国情を知らない者が変な斡旋をするととんだ迷惑になることもあるからな。それよりこの『萩の月』のいはれは知つてゐるのかい？」

鮮黄半月形の粟落雁、絣のやうな白の斑《ふ》があり仄かに鹹い。首を縮めて知らないと答へる。

「実朝の『萩の花くれぐれまでもありつるが月出でて見るになきが儚さ』といふ歌にちなんだものさ。君の曾祖父さんの創案だぞ。二十八で死んだ鎌倉右大臣を偲ぶ牀しい銘

菓を大事にしてくれよ」

二服目を飲み終つて須弥も思ひ深げに道生を見る。

「二十八？　若死ですね。天然痘だつたかな」

道生の頓馬な問ひに一同どつとくる寸前襖がするりと開いた。

「馬鹿ねえ。暗殺されたのよ。若死と言つたつて最上立春より四年も永生きしたわ。ね、叔父様」

洋紅色《カーマインレッド》のネッカーチーフを巻いた沙果子が明るい笑顔で立つてゐた。その翳のない笑ひにむしろ一座の四人は慄然とする。

「沙果子！　いつ帰つてたの。まあ突つ立つたままで御挨拶もせずに。さ。早く着替へて来てお相伴なさい。叔父さんが今お点前をしながら客法を指南して下さつてるのよ。ちやんと教はつておかないと明日は大恥、ね、御飯はこれが終つてから」

須弥は中腰になつて哭くやうな声を出す。天道は空晶と目を合せて瞬く。道生は俯いて「萩の月」を嚥み下した。

「願下げよ。お母さん。そんな偽善的なお作法大嫌ひ。飲まず嫌ひぢやないわ。私も茶道部に籍をおいて出稽古の師匠がこの道で是非と奨めてくれるほどの腕だつたのよ。手順くらゐ忘れてゐないから恥なんかかくもんですか。ただ男点前つてのは悪寒を催すの。

紹鷗、織部、遠州以来の男の系譜は名前ばかり。今ぢや女護が島の雄鶏が餌のつつき方を教へてるだけでせう。侘びの寂びの一期一会だのつて酔狂もほどほどにすればいい。およそ芸事の男師匠ほど嫌味なものはないわ。兄さんも同意見よ。私向うで先にお食事しますからね。真菅君いらつしやい。そんな所に坐つてると茶毒に中つて半身不随になるわよ。お腹空いてるんでしよ？」

沙果子は言ふだけ言つてしまふと襖に片手をかけたまま一同を見下した。空晶、天道のあたりに視線を定め、須弥から目を逸らして道生に合図する。気を呑まれたかに寂として声のない一瞬の後、天道と顔を見合せてゐた空晶が鬚面を綻ばせ、

「御もつとも。立派な見識だよ。でもな沙果ちやん、立派は立派でも一方的に過ぎるんぢやないか。ま、こつちへ来て坐りなさい。カフェインの毒くらゐ知れてるさ。飯は後でも飢ゑ死にしやすまい。この芳しい秋の夜に心を遊ばすゆとりがないやうでは印度へ行つてもせかせかと奔り廻るだけで収穫が乏しいよ」

重味のある温い声が沙果子の胸に沁みわたる。振り上げた手を徐徐に下すやうにその声の方に知らず識らず誘はれて道生が譲つた座に直つてしまつた。干菓子の皿が須弥の方から寄せられる。沙果子は無言で皿を頂き、一つを取つて口に入れた。茶碗が来る。なだらかな手つきで礼を尽して飲み納め縁《ふち》の外に置いてやや肩を落し拝見の姿もうるは

しい。須弥は口を薄く開いてそのさまを見守る。

「言ふだけのことはある。見事だよ沙果ちゃん。恐らくそれも所詮は虚礼に繋るテクニックだらう。だが、型は秩序、この世を斎ひ人《いは》を鎮める唯一のよすがぢやないだらうか。型だけに堕ちて本末顚倒した虚栄の市を罵倒するのは易しい。そして同時に現象面だけを衝くに急で本質に目を覆ふのも倒錯の譏りを免れまい。さうだらう？　茶の湯も発生当時からさまざまの矛盾は孕んでゐるさ。道と呼ばれた時から頽廃は始まつてゐる。別に茶道だけの問題ぢやないよな。おれも茶禅一如がどうのかうのなんて鵜呑みにして有難がつてるわけぢやない。君の言つた紹鷗、織部、遠州にしろその道の達人であることだけなら何も魅力は感じない。茶をメディアとして、あるひは栖として時の権力に拮抗したことに、拮抗するだけの絶対的な今一つの世界を築き上げたことに満腔《まんかう》の敬意を表するのさ。御免よ。妙に講義口調になつて。専門外のことに口出しはしない方がいいのにな。貴船さんあたりが聞いたらうるさいぜ。どうして利休を省いて物を言ふなんてね。さ、もう一服如何かな」

長広舌が終るとすかさず天道が三人の顔を見やつて所望か否かを質した後折目正しく、

「なにとぞお仕舞を」

と手をつく。

「上出来、義兄さんこれで猿芝居はやめませうや。いやなに猿はおれのこと。御苦労様。姉さん、そろそろ飯にしてくれるんだらうな。それからおれには束脩《そくしう》と月謝併せて金三、四万包んでくれよ」

茶道具をてきぱきと片寄せポットに蓋、手洗に立つのか大きな伸びをして須弥をからかふ。

「おおこはい。そんなに出すのなら家元でも呼んで来ますよ。でもこれで納得したわ。あんたもお弟子とつたらどうなの。男の門人がわんさ押寄せるんぢやないか知ら。道具《だうぐ》鑑定《めきき》も人後に落ちないだらうしさ」

須弥もまけず劣らずやり返し食事の用意に姿を消す。沙果子は残つた天道の方をじつと視た。

天道は目を瞑つて正座してゐる。茶事の名残を味はうかの長閑なおももちながら内心はそのやうなはずもない。

「もう一つの世界を逍遥してゐるのね、お父さん。職業病なの、それとも韜晦趣味？この頃のお父さん変だわ。家にゐるのは身体だけ、心はどこかへ蒸発したみたい。家族などといふ免罪符が何の役に立つのか知ら。なることなら自由にしてあげたいわ。生意気言ふやうだけど昂じると自分で作つた精神病院《メンタル・ホーム》へ自分を監禁することになるんぢやない？　いづれは。私、印度へ行くのはさういふお父さんを遠巻きにして見てゐるのが堪らないからよ。宝石なんかどうでもいい。最上さんが死んだのだらうと殺されたのだらうともう関りのないことよ。ただ本当に関りを絶つためにも行くまでに結着をつけておきたいことが一、二あるだけ。もう一つの世界とは何でそれがどこにあるかを見るのもその一つ。聞いたつて教へてくれないでせうから私が自分で探す」

沙果子の低い声が、嘆声とも宣告ともつかぬ言葉が天道の耳に谺する。

「教へてやれれば教へたいよ、沙果子。人はみな幻獣《シメール》を負ふと言ふが、負ふ人自身その形を定かには知らないんだ。これが滅びの道と知りながらコースを変へられない人生もある。私は宿命論者《フェータリスト》ぢやないが今しばらくこのまま生きて行く他はないと思つてゐる。お前は思念の係累を絶ち切つて心のままに旅に出なさい。何何のために、何何だからと一一条件をつけずに、それも他人のせゐにせずに生きることだね。私は逆にさういふお前がいたはしい。正直に言へば煩しい」

目は瞑つたまま吟誦するやうな答であつた。その通りであらう。なまじお為ごかしの説教を聞くよりよほど爽やかだ。赤の他人、赤より鮮かに悲しい他人がそこにゐる。父と娘の腥い絆などどこにもない。

道生はいつの間にか席を外してゐた。逃げて帰りたいことだらう。逃がしてやらうかと席を立ちかけた時須弥が半月型の重詰を岡持に入れて運んで来た。

「ああ重い。さ、みんな席についてね。道生さんもどうぞ。今正午も帰つて来ました。沙果子お茶の用意頼むわよ。お吸物は悪いけど省かせていただいて早速始めることにしませう」

空晶、道生、それに正午が肩を組み合ふやうにして入つて来る。正午は沙果子に不器用な秋波を送る。

「沙果子、抜群の腕ださうぢやないか。高校の茶道部牛耳つてゐたことは昔ちらつと聞いたが、たしか宗匠と喧嘩して破門されたんだらう。だからろくすつぽやつてないくらゐに思つてたんだ。お見逸れいたしたな」

いきなり重の蓋を取つて箸をつけようとする正午に、

「一寸待つてよ。いいえ、お弁当の方。お茶をすぐ入れてくるから。破門なんてでため。ねえ真菅君」

沙果子が言ひ捨てて立去つた後をうけ道生が説明に廻る。

「さうですよ。破門どころか。ぼくも部員だつたんですがね。その出稽古の先生つてのがにやけた野郎だつたからしごいてやらうと言ふことになつて、沙果子さんがリーダーで河田直道の『茶道論』を輪読しましてね。例の痛烈な茶道弾劾論。小習の区切区切に議論吹つかけたんです。相手もまあ一応専門書には目を通してるけどこつちも図書館通ひ。先生が一言口を聞くとそれは織部の『茶道秘伝』の孫引きだとか、いや宗徧の『便蒙抄』の焼直しだとか揚足とつてこてんぱん。何しろ沙果子さんは覚えが早くつてまあここで言ふ半東役に廻つてる一番有能な弟子だし、お負けに奴さん気があつたもんだから遂に哭き出しましてね。こんなこはい学校もう厭だつて二年目に先方が病気を理由に辞めたつてわけなんです。ずつと後で貴船の宗匠にこれが聞えて一揉め。今でも道で会ふと睨みやがんの。ねえ沙果子さん」

茶櫃を抱へて帰つて来た沙果子に相槌を求める。

「ああ、あの武勇伝？　張本人は私だつて言つたんでせう。真菅君だつて手厳しくやつたくせに。華道部でも似たやうなことがあつたのよ。そら、あのオールド・ミスの目の釣上つた先生。『お花の水揚を教へて差上げます』と一同を見渡すと冷やかしに入つた男子部員の一人が『いよう、遣手婆あ』と半畳を入れるの。先生真蒼になつて立上る。そこで私がやれ待てしばしと手を取つて、『先生。蕾の花を切取つて手活にしようといふんですから似たやうなもんでせう。実るに実れぬ哀れさもそつくり』と宥めると憤然として出て行つてそれつきり。あの時は私、校長室へ呼ばれた。暴力教室だつて言ふからブラック・ユーモアのわからない芸事の師匠なんか資格無しつて啖呵を切つてやつたわ。校長は『それもさうだな』なんて感心してたつけ。ブラック・ユーモアが何か知りもしないくせに」

　半月は須弥の手製三仕切の上が焼鮎と筆生姜、左に冬瓜蒸しと穴子、右に百合根の甘煮と茗荷の味噌漬、飯は天に黒胡麻、地に朧昆布を振つて垢抜けのした手際である。正午はたちまち半ばを平げた。

「お母さん、お代りあるのかい？」

　須弥はやつと焼鮎の片身をほぐしたところである。

「厭ねえ、足りないの？　材料はまだ少少残つてるから後で上げます。不加減でもあんたはさもおいしさうに食べてくれるから張合があるわ」

　道生がまた気を利かせて、

「これも亦玄人はだしですよ。朝妻なんか見かけ倒しの嫌ひもあるけど小母様のはヴォリュームがあるし、一つ一つ味付の変へてあるところが憎いや。この間の懐石なんか判じ物、凝つてはゐても三口でお終ひ、拍子抜けだつたなあ」

　と言ひながらはつとして箸を止める。空晶と天道の視線が道生の横顔に走つた。沙果子はその危い瞬間をさつと掬ひ取るやうに一言、

「さうよねえ。お負けにお精進でせう。兄さんなら三人前食べても満腹しなかつたでせ

うよ。第一労働の後でそれぢやひどいわ。可哀想に！」

道生が息を呑む。天道と空晶ははたと箸を休めて目を瞠き、正午の頰が紅潮する。

「どうしてさう妙な顔をなさるの、叔父さんもお父さんも。道生さんが失言しなくつても私にはわかつてます。もう一つの世界の在処《ありか》くらゐ。選ばれた者だけが出入可能の別世界、このコンミューンは俗人オフ・リミットと自己陶酔してゐたかつたらどうぞ御自由に。でも自由でせうか知ら。別世界とは地獄のまたの名ぢやありません？ お父さんは心の中で家族を義絶しても私はあくまで娘、このことを誰に告げようなどと思はないから心配御無用よ。ただどうして知つたかは時が来るまで言はないわ。気になるでせうけどそれも因果応報。叔父さん、怖ろしい姪をもつておしあはせね。お母さん、今のは本当に別世界の話よ。気にしないでね。御馳走様。とてもおいしかつた。お母さんは料理の天才。兄さん、あとで部屋へ伺ひます。真菅君御親切に。私も今日エア・インディアへ寄つたの。ぢやまたね」

沙果子の弁舌にはいささかの迷ひも毒もなかつた。深刻な暴露にも拘らずむしろ清清しい後味であつた。立上つて「旅への誘ひ」のルフランを鼻歌にのせ沙果子は姿を消す。須弥は俯いて肩を顫はせてゐた。天道は結婚以来ただの一度も見たことのない須弥の涙に愕然とした。正午が無言でその肩に手を置く。

「泣くことはないよ、お母さん。沙果子のために笑つてやれよ。あいつは天才だぜ」

サンダルを突つかけて沙果子は通りに出た。今日帰りに買ひ忘れたマニキュアのエナメルと耳掻きを一本買ひに行かう。自分がつけた火が今頃はくすぶつてゐるだらう。だがいつかは見ねば納まらぬあの修羅場、見せるなら滅多に顔を合はすこともない家族全員、空晶まで居合せた今夜を外すわけにはゆかなかつた。泣面の道化役、道生は哀れを止めたが彼のことゆゑ根にも持つまい。それにしても妙な偶然だつた。

エア・インディアへの斡旋を道生に頼んだのが一日、翌二日には猪原玄象から沙果子の勤務先へ早速電話が架つて来た。

「水臭いぢやありませんか。何も真菅になんか頼まなくつたつて直接言つてもらへばいいのに。お安い御用です。ヴィザが下りて出発が決つたら教へて下さい。キャンセルが無くつても団体に繰入れる方法もあるし、飾磨さんのことだから大勉強しますよ。それから案内書や参考書も沢山揃つてるから一度遊びにいらつしやい。真菅にもことづけますがね」

時時吃つて間を置く話し方にその昔の顔が浮んだ。こちらは疎縁と決めてゐるが先方は結構意識してくれてゐたのだらう。言葉もろくに交した覚えはないが感じの良い坊やではあつた。鋭いスマッシュ、斜に宙を游ぐ長身がありありと蘇る。

今日沙果子は午後研磨工房へ行つたついでにオフィスに寄つてみた。猪原は来客を送り出すところであつた。一目で五年の距離が消えて、

「凄く美人になつたぢやないか。噂には聞いてたけどびつくりするぜ。全く。さ、入れよ。おれの席に来ないか。その方が却つて落着くから」

と言葉も旧に復する。宣伝広報課に属するらしく課長席も日本人。猪原は次席と覚しい。閑散時に来合せたのか室内の目が一勢にこちらに集り、猪原はいささか得意げに肩をそびやかす。四方山話一しきり、パンフレットの類は今朝真菅が来たので託したとのこと、帰らうかと思つてふと隣の机を見るとどこかで見たことのある風景のカラー写真四つ切判が十数枚散らばつてゐる。断つて手に取つて眺めてゐると、

「昴山系の俯瞰撮影さ。国内向のポスターやPR誌のレイ・アウト用にこの春うちのセスナ機で撮りに行つたんだが、帯に短し襷に長し、さりとて捨てるには惜しいとひねつてゐるところなんだ。気に入つたのがありやあ持つて帰つたつていいよ。北の太白山から昴山を経て海岸までずうつとパノラマみたいに入つてるんだ。そらこうして縦に繋ぐとよくわかるだらう。点点と白く見えるのが祝沢、雨の後で水が出たんだな」

と要領のよい解説、沙果子は思はず息を詰めて一枚一枚を凝視する。

「この辺にたしか貴船さんの別荘があつたはずね。知らない？」

　さり気ない問ひに猪原は一寸思案してから、

「あれは昴山の東の裾だからこの七枚目に入つてるだらう。かうつと、そらこの側面がちらつと赤いのが建物、正方形に劃つた庭、花盛りらしいね。この辺は望遠レンズでズーム・アップしてゐるから相当明瞭だ。その北側が最上薬草園ぢやないのか。八枚目のは海にヨットが泛んでゐて人が二人、紅いシャツまで見えるよ」

　と一一鉛筆で指し示す。沙果子はヨットも紅いシャツも見てはゐない。頭の中に白い火花が散る。正方形の花園は純白の花に覆はれてゐる。

「新緑の候か知ら。山にはちらちらと木の花も見えるけど」

　目も眇《すが》めて沙果子は見入る。

「さう、新緑といつても五月五日。端午の節句だつたと思ふな。その後飛行機を下りて海岸伝ひに歩いてゐたら遠くに鯉幟が見えてゐた。あの晩うちでもおふくろが菖蒲湯を立てて。さうださうだ、真菅が菖蒲酒つてのをくれたつけ。樟脳みたい匂のつんと鼻にくるやつ。飾磨君、何なら今度一緒にセスナに乗せてやらうか。十一月、紅葉の頃は素晴しいぜ。太白山は火の手の上つたやうな眺めだ」

　猪原は一人で興に乗つてゐる。沙果子は並べた四つ切の下部三、四枚を所望し、お茶でもと誘ふ猪原を押止め後日を約してオフィスを出た。

白い花が何か。最上清明に聞けるなら苦労はない。写真入の封筒を小脇に百米ばかり歩いて小公園に入つた。サルヴィアの緋に炎え立つのを眺めながらベンチに腰を下し、白薔薇、芍薬、小手鞠と思ひつくかぎりの花を頭の中に並べ立て、さうだ薩摩郁代に智慧を借りようと傍の電話ボックスの扉を開ける。植物きちがひで大学は農学部、今農事試験場の技師。まづしい容貌と素朴すぎる性格から「さつまいも」などと綽名されてゐたが、沙果子とはうまがあひ時には食事にも誘ふ仲である。

折よく席にゐて要領を得ぬ沙果子の質問をてきぱきと纏め歯切のよい答を返す。

「薔薇や芍薬を千坪以上の庭に白ばかり植ゑるなんて、たとへ営業用にしても一寸変ね。種子を取るための大根、蕪なら時も所もずれてる。イリス根採取用の鳶尾《いちはつ》つてことは考へられるわ。ええ、イリジンを含んでるから化粧品や矯臭剤に使ふの。でもこれは他の鳶尾科の植物と一緒に低湿地に栽培するし薬草園の領分よ。急がないんならこれから考へて今夜家へ電話したげる。そりや季節とあんたの説明の白緑に光る葉や茎らしいものを計算に入れれば阿片用の罌粟、それも一本の茎に一つだけ花を咲かす独特の栽培法がぴんと来るけどさ。そんなことあり得ないでせう。一体どこなのよ、それ。なあに、空想？ 一寸、人をからかふのよして、いくらあんたでもかつとなるわ。え、晩御飯を奢る？　もうそれくらゐでいいつて？　いまさら遠慮しなさんな。御馳走してくれるんならとつくり調べたげる。真赤な花の場合もね」

受話器を置いた音が今も耳に残つてゐる。

沙果子は化粧品店でマニキュアの色を選びながらもその時の鋭い快感を反芻する。白、罌粟、阿片……白。

「はあ、この頃は白エナメルもよく出ますよ。お服が赤系統の場合なんかよく映ります。アンサンブルを狙つてルージュも白が……」

復活祭の卵さながらにゑどつた色白の女店員が息もつかずに囀る。

「失礼、白は他のことなの。サーモン・レッドのをいただくわ」

白、阿片、阿片罌粟、「そんなことあり得ないでせう」いやあり得るかも知れぬ。もう一つの世界には。他界には。薩摩郁代が受話器を置いた刹那に、この危い直感が脳裡を横切つた。家への道は仄白い三日月の明りが射す。パパヴェ・ソムニフェルム、苦い香りを放つ禁断の花、純白の魔の花、何と貴船の迷宮庭園、形而上の空中花壇を飾るのにふさはしいことか。沙果子は部屋へ入つて植物辞典を繙く。秋蒔二年草草丈一米五十、全草灰緑色、蠟質附着、五月初旬開花、下旬より六月初旬結実。図を見ると見馴れた雛罌粟《コクリコ》の三倍もあらうかと思ふ猛猛しい不吉な花と果実である。参考として「文献『首をさながら罌粟の実のやうに高く捧げる＝『イーリアス』」などと注釈がある。薩摩の言ふやうに一茎一果としたなら肥大して首は大袈裟だが林檎大も生れよう。

漠然とではあるにしても立春の死がこの花とどこかで繋ることが感じられる。この世とあの国の通路を踏み違へたために葬られたか、あの国に帰ることを拒んで死を選んだか。さうすればこの間の未雉子の立話は錯綜する通路、間道を示すものではなく、そこに生れた偶発的な要因に過ぎないのだらうか。あるひは沙果子の鋭い直感を阻むための詐術であらうか。

今夜あの座で、持ち帰つた俯瞰写真を突きつけることも出来た。止めを刺すこともあるひは可能だつたらう。その期に及んで父と叔父がどう受けとめまたどう言ひ遁れるか、これは空前の観物のはずであつた。沙果子はあれほど言ひ募りながらも逐ひ詰めようとはしなかつた。天道と空晶の言動に慊りず反撥はしても憎悪はいささかもない。あるのは逆縁ながら憐憫、それも微かな畏れを伴つた惻隠の情と言へば言へよう。止めを刺して何にならう。沙果子は真相を覗ひたいだけであつた。曝き立てかつは糾明するのは他の何者かの業であらう。他の何者かが神であらうと魔であらうと知つたことではない。その裁きをも十分予想し覚悟した上での他界遊行、終末の日が来たとて嘆くことはなからう。

辞典を伏せて寝台に身を横たへた。あの後奥の間はどうなつたらう。先刻外から帰つた時は意外にも軽い笑ひ声が洩れてゐた。今頃顔を出すのも間の抜けたもの、ほとぼりが冷めるまで匿れてゐようと沙果子は読みさしの旅行案内書を展げた。

「沙果子、ゐるかい？」

正午がぼつと目の縁を紅くして入つて来た。微醺を帯びてゐるらしい。

「大見得を切るもんだからぎよつとしたぜ。おれはすかさず酒を持つて行つて一献づつ注いで廻つたんだ。叔父さんが臨機応変に猥談など始めてね。ま、一応白けつ放しにならずにお開き。道生君もさつき帰つたよ。ああ疲れた」

屈託のない微笑を浮べてはゐるが孤軍奮闘してくれたのだらう。

「御免なさい。千載一遇の好機だと思つてぶちまけたのよ。いつか一度はああなるはず。ならずには済まなかつたと思つてるわ。もつとも全部喋つてはしまはなかつたけど。お母さん泣いてたんぢやない？」

沙果子はそれだけが気がかりだつた。

「すぐ止んだ。お母さんには深いことはわからないしそのショックで泣いたんぢやない。お前の剣幕が凄かつたのでお父さんや叔父さんと大喧嘩を始めたと思つたらしいや。あとで一寸声をかけてやれよ」

さうしよう。父にも一言挨拶しておくべきだらう。寝る前に。明日になる前に。

「兄さん。罌粟の花見たことある？　真白の」

沙果子はだしぬけに謎をかけた。

「罌粟？　どうして。花屋に売つてるんぢやないか。うちにも咲いてたらう。白は少かつたかな」

のんびりと煙草をくはへて沙果子を見下す。

「違ふわ。あれは雛罌粟やアイスランド・ポピー。真白で一米五十くらゐにすつくと伸びて咲く種類があるの」

正午ははつとして煙草を消す。

「見た。絵を見たぜ。それも先月、最上の告別式の夕方。青蓮寺別院で空水和尚に見せてもらつた。色紙に赤も黄も青も描いてあつたが、白は群を抜いて大きかつた。品種違ひだつて和尚も言つてたよ」

耳よりな話に沙果子は起上つて兄の傍にストゥールを引寄せた。

「その絵、別院の書院にでも飾つてるの？」

目をきらきらさせ息が弾んでゐる。

「いや、和尚は彼岸の中日までに仕上げてくれと空晶が注文して来た。誰に頼まれをつたやらなんて言つてたが、案外その注文主も知つてゐるんぢやないかな。たしか一白から九紫まで色が全部揃ふ彩色だつた。三原色と白の罌粟、三枚の色紙に。さうだ赤、青、黄が一枚づつ、白は三枚共に入つてゐた。その一枚一枚に玉虫、蝶、蜉蝣なんかが黒と紫で散らばつてゐたつけ。四緑の緑は葉と茎なんだ。芭蕉や李賀を画賛に使つて見事な出来栄えだつたぜ。それが何か？」

沙果子は黙つて机の上に伏せてあつた三枚の昴山系俯瞰図を正午に示した。鳥瞰図を見馴れてゐる正午は一瞥してそれが何処を写したものかを了解した。沙果子は件の花園を指し示す。

「それが白い罌粟よ。十中八、九間違ひはないはず。五月五日の撮影だつて。上手の手から水がだだ洩れと言つたでせう。周囲に柵や塀を十重二十重に旋らせたつて空からは筒抜けにお見通しだわ。兄さん、千数百坪の花園をすつぽり容れる総硝子製の大穹窿、造れるのなら造つてやつてよ。あの人人のために。造れないのならこの花園は焼き払つて棉でも植ゑさすのね。もう一つの世界は天国でなくて牢獄と背中合せなのよ。精神病理学者が一枚加はつた精神病院の中庭、素晴しい眺めだけれど放つておくと空中分解するわ。彼岸の中日、種蒔きよ。きつと。これだけ蒔かうと思つたら大事業、隣の最上薬草園の園丁が右から左にお手伝ひといふ訳にも行かないでせうし、あの晩お父さんや叔父さんの爪の間にはこの花園の土がこびりついてゐたはずよ。シャーロック・ホームズならその土だけですつかりわかつたでせうに」

正午は啞然として沙果子を視つめる。よくもここまで五里霧中の九十九折を手探り足探りで進んで来たものだ。anywhere out of the world それを究明する悲願もさることながら、沙果子を駈り立てたのはやはりただ一つ、立春への愛ではなかつたらうか。

「でもな、かならずしもさうと断定はできないぜ。すべては仮定、一つ崩れれば総崩れつてこともあるだらう。今夜の大見得もあそこまでならその場合退けもしようが、罌粟を持出したとなると二進も三進も行かなくなる。熟慮が肝要だらうよ。な、ドクトレス・ワトソン。道生君を拷問したつて彼ももう吐かないな。それにしてもエア・インディアでこんな写真を見つけるとは。エア、エア、空晶、空水、奇妙な因縁、不思議な偶然だね」

正午は激しい渇きを覚えてナイト・テーブルの上のタンブラーの水を呷つた。

「私もう一寸罌粟のことを調べる。兄さん、申訳ないけど応接室にある薬用植物辞典、何食はぬ顔で借りて来てくれない? お父さんが起きてゐたら音楽用語辞典か何かカムフラージュ用のも抱合せて持出せばいいわ」

頷いてにやりと笑ひ正午は部屋を出た。窓を開けると冷やかな空気が流れこむ。耳を澄ますと微かな楽音が下から響いて来た。天道の書斎からであらう。あれはカール・オルフの『カルミナ・ブラーナ』。グレゴリオ聖歌の旋律に乗る異端の詩句、今寂びたテノールが男声合唱《オルフエオン》を連れて「焼かれた白鳥の歌」を歌つてゐるのだ。

Olim lacus colueram,
olim pulcher extiteram,
dum cignus ego fueram,
　Miser, miser!
　modo niger
et ustus fortiter!
われかつて湖《うみ》に棲めよし　そのかみは美《は》しき白鳥《しらとり》
むざんやな　今し焼かれて　ぬばたまの黒き亡骸

それは天道自身の明日を悼む声ではないか。テノールの嗄れた裏声、老いたカストラートの呪詛の涙声。三度目のルフランが終つた時微かなノイズが入り歌はまた元に還つた。天道はこの歌を二度聴かうとしてゐるのだ。ミゼール、ミゼール。歌に重なつて人の声、正午が入つて行つたらしい。

「お母さん、帯締めるの手伝つてあげませうか」

琥珀織錆朱のカクテル・ドレスに着替へた沙果子が居間を覗く。須弥はまだ長襦袢に襟を縫ひつけてゐる最中、傍の畳紙《たたう》から花色染二十越《にじゆうこし》の浜縮緬の袖がはみ出し、朽葉色繻珍《しゆちん》の丸帯がその上にとぐろを巻いてゐる。

「有難う。おや、もう着てしまつたの。いいねえ、そのカクテル・ドレス。サッシュ・ベルトを黒にしたのはお手柄だわ。私は頓馬なことに今頃になつて襟をつけてるのよ。帯も帯だけど先にそこの羽織のね、その畳み皺、アイロンをざつとかけて消しといてくれない？」

昨夜のことなど一切忘れたやうに須弥は身仕舞にかかり果て時計は九時半。

「殿方は大丈夫かねえ。出かける前に一度点検しておかなきや。正午なんかクリーニング屋の附札もそのままで着てしまふんだから。いつだつたか後姿を見てから気がついて追つかけたことがあるのよ。アイロンが済んだら玄関のお草履、緒の端の方が少し黴びてたやうに思ふの。酒精《アルコール》で拭いておいて頂戴な。ドレスが汚れるから出るまで大きなエプロン掛けてゐた方がいいわよ。あら、それよく見るとうつすら地紋風の花模様があるのね。無地かと思つてた。何の花？」

　アイロンを切つて立上る沙果子の、ひるがへる裳裾を手に取つて見る。

「罌粟の花。銀でデッサン風に散らしてるの。一寸気がつかないでせう。芥子坊主もところどころにね」

　沙果子が玄関に廻ると正午がネクタイを結びながら出て来た。

「何をあたふたしてるんだ。向ひの家へ行くのに民族大移動みたいな騒ぎぢやないか」

　ガーゼを酒精で湿しながら兄の胸元を見て沙果子が声を上げる。

「厭だわ。そのネクタイ、この間告別式にして行つたのでせう。駄目よ。先月私が見立ててあげたカルダンの暗薔薇色《ダーク・ローズ》のに締め直して頂戴。半礼装だから。カフス釦も例の土耳古石、タイタックと対のをね。それから扇子と懐紙はキチンのテーブルの上」

　正午はむつとして踵を返す。

「うるせえなあ。あまり御託を並べると真裸で行くぞ。それが男の最上級の礼装だい。文句あるか」

　捨台詞が消えると今度は天道が姿を現はす。黒に近い海松色《みるいろ》の平絹《へいけん》で腰から腿のあたりを納戸色に染分けて熨斗目風にした一つ紋、帯は濃鶯《こうぐひす》の独鈷《どつこ》をきりつと締め見違へるやうな姿である。

「へえっ。お父さんにそんな着物があつたの？　素晴しいニュー・ファッションね。うちの家紋が背中のそれ？」

屈託のない嘆声には昨夜の名残もない。天道は両袖口を引張つて衣紋を調へる。

「影九曜《かげくえう》と言つてね。もともとは細川家の紋所さ。幾何学模様でごまかしがきかないから悉皆屋泣かせ。あ、さうだ羽織を忘れた。煙草は袂に入れたし……」

引込む天道の後姿を見てゐるところへ今度は空晶がのつそりと入つて来る。細い詰襟にコードの縁取をした漆黒のメルトン地の上着、スラックスは共生地のクリーム色。角を円く刳つた襟と上着の裾の諧調もなかなかのもので徽章代りにつけた両襟の七宝焼の小さな玉虫が奇妙な精彩を添へる。

「驚いた。まあまた見事な扮装振り。私の見たこともない衣裳を引摺り出してくるんだもの、ぎよつとするわ。叔父さんのはどこの国の骨董品？」

望月間道《もちづきかんたう》風の小物入を指先に吊つてゆらゆらさせながら空晶は珍しく綺麗に際剃《きはぞ》りした頰を綻ばせる。

「昔、米国海兵隊の士官の正装だつたらしいな。古着屋に出てたのをモデルにして二、三年前に造らせたんだ。小うるさい会はこれに限る。その辺の俄有職故実家《にはかいうそくこじつか》の辞書にないものだからけちのつけやうもなし、罷り通るんだ」

沙果子はサンダル穿きのまま扉を開けて外に出た。真菅屋の父子が貴船家の門を出て東の小路を曲る。道生が目敏く見つけて手を振つた。続いて主水も小腰を屈める。

「昨日は御馳走様。やつと菓子の段取りを済ませてね。これから帰つて十一時前に出直すのさ。六時に来て、三、四度往復したんだぜ。道が細くつてこの辺車が駐められないだらう。その向うのモーター・プールから重い菓子の重箱を小分けに運んだからもう腹がぺこぺこ。お薄一服の前に、さあ帰つて飯食はなくちや」

真菅家と摩違ふやうにして最上清明、あさぎ夫妻が番頭の弓削を従へてやつてくる。家へ入る寸前をこれもいちはやくあさぎに見られ、せうことなく挨拶を交す。

「お対ひにいらつしやるとかういふ時はよろしうございますね。では一足お先に」

沙果子の服装をじろりと一瞥、清明の先に立つて歩むあさぎは花菱総絞り濃紫の古代縮緬の着物、共色の羽織は三つ紋。茄子紺のダブルをすらりと着た清明が思ひ深げに会釈する。

「お母さん、そろそろ皆さんお出ましよ。あら帯一人で締めたの？　忘れてた。私ヴァニティ・バッグ取つて来ます」

薄化粧した須弥が天道と並ぶ。夜会巻風にした髪に螺鈿入りの小さな鎌倉形の櫛を差してゐるのがよく映え、はつとするやうな女男《めを》の一対、空晶と正午がやや離れて小手を翳す。

「鏡花の作中人物生きて佇む風情、一寸お姿を写真に止《とど》めておいてもらはうか」

空晶が冷かすと正午がいつの間にか準備してゐたカメラを向ける。沙果子がすつと現れて二人の後を横切つた。ファインダーに刹那銀色の罌粟が咲きそれを背景に老いた夫婦が寂しい微笑を泛べる。

貴船家は恐らく昨日幹八一家が総出で手伝つたのであらう、冷やかなまでに隅隅まで清められ寄付《よりつき》の投入には吾亦紅と葛の花が扇面散らしの衝立《ついたて》に淡い影を曳いてゐる。濡縁を伝つて露地に面した十畳洋間が待合、手前の四畳半が袴着の間、一応型通りには設へてあるが七曜が平服のままで顔を出し、男の客が袴を着けようとすると案内の通りくだけた茶話会《ティ・パーティー》の積りゆゑどうかそのままにと押止める。待合はもともとこの家の客間、日頃は主人公のコレクションが処狭しと飾られてゐるのだが、今日は彦根屛風の精巧な複製と織部好みの伊賀花入を残してあとは茅編《かやあ》みの円座を置いた榻《たふ》が十五、六ばら撒いてあるだけ、室内には露地の椹《さはら》や高野槙《かうやまき》、縮樫《ちぢみかし》の葉交に漉された陽が射入り、天井の飾灯の乳色の光とまじり合ふ。

早早と着いた埴科家の宗匠夫妻とそのお取巻の男女が三三五五露地に出て行く。宗匠は総髪スタイルで今時珍しい十徳姿だがよく見れば松葉に黒縞のアルパカで別誂の凝つた仕立、夫人は葡萄色《えびいろ》の綸子の訪問着に鶸色緞子の帯、ややくすんだ拵へを碧色の紗金の帯締で逆に蘇らせてゐる。他の老若連衆も男は背広や和服着流しのままで主人の意に従ひ、女もそのため緊張がほぐれたか華やかな笑ひ声を立て、まこと秋晴の日の園遊会といつた趣である。待合には最上夫妻と弓削、飾磨家からの五人、そこへ青蓮寺別院から空水、風輪の二人が加はつて十人。

「此の次は空水和尚御先頭で淡輪先生がお詰、これで如何でせうな。後はお年の順にでもどうぞ」

七曜が空水、空晶を七三に見て言ふ。二人が頷かうとすると最上あさぎがついと首を上げた。

「お詰私が勤めさせていただきますわ。不束《ふつつか》で厚釜しうございますが何しろ半東擬きの使ひ走りみたいな面もあること、殿方は御気の毒ですもの」

いかにも心の利いた提言ではあるが暗に役不足、順序不服を匂はせてゐるのだ。

「これは助け船忝い。詰は詰らぬ役で後始末ばかり。点前拝見は中程に限る。おれはまた正客にでもなるのかと思つて胸を痛めてゐたがこれでほつとした。貴船先生、先にブランデーでも一杯下さらんか」

どつと笑声が湧いて気分のほぐれたのを機に清明は正午に、空水は須弥に、あさぎは引続いて空晶にこもごも話しかける。須弥も初めのうちこそ右側に坐つた天道を意識して頬を硬くしてゐたが、あれから幾星霜、人柄も程よく枯れた空水の淡淡とした話術に引込まれ、しばらくすると膝を乗出して笑ひ興ずるほどの打解けやう。空晶が時時振返つて怪訝な目を向ける。

沙果子は話相手もないままに立上つて仄暗い壁の方に近づいた。明り窓の両側に額がある。逆光でよく見えなかつたが目翳して確めると罌粟の絵、まさしく正午の話してゐた三原色の三点、息を呑んでさらに近寄るとそこに七曜が立つてゐた。

「名残の茶事に季節外れのそれも禁花の絵で恐縮です。私はこの花の苦い香が好きでしてね。薔薇や百合よりよほど個性的でせう」

沙果子は一歩退き改めて一揖した。

「小父様、本日はお招きにあづかりまして。私も罌粟は大好き。御覧になつて、この服。銀で罌粟の花と実が散らしてますのよ。淡く。私こそ季節外れと誰かに嗤はれさうでびくびくしてゐましたの。この絵の下にゐると肩身が広いわ。ね、小父様一度教へていただかうと思つてたんですけどこの花はいつ頃から?」

いささか狡猾な質問であつた。果して七曜は、

「さあ、十年余り前から……」

　と釣られて答へあわてて打消した。

「いや、日本へ来たのは室町時代ですかな。植物は専門外で花卉としての罌粟が原産地の南欧あたりからいつ渡来したかは知りませんが、阿片罌粟の栽培は足利義満の在世した頃でせう。最初は津軽地方、その因縁で昔は阿片のことを津軽と称してゐたやうです。あれはもつとも寒い土地ぢや無理だから自然南下して甲州から近州、伊勢、河内、紀州あたりが中心地になつて行つたやうに聞いてゐますがね。禁令が出たのが明治初年、いやこれは阿片の自由売買の禁止ですよ。栽培はむしろ奨励してゐた。昔は五月の端午の節句の頃旅行すると真白な罌粟の花盛りの中に鯉幟が翻つたりしてゐましてね。一寸した眺めだつたが、この頃はヒステリックに取締るものだから絶えて見たこともない」

　よい言葉敵を見つけたとばかり七曜は低い声で述懐するやうに語りかける。見たこともないとはそらぞらしい。別荘の東側には一目千本の花園があるくせに。空の鏡に映つたのを見せてあげませうか。最上薬草園で作ると危いから肩替りなすつてゐるの？　作つた阿片の粗製品は漢方の原料の輸入の見返りにあちらへ運ばせていらつしやるんでせう。立春さんはその機密要務も兼ねてお発ちになつたのね。一人で先にお帰りになつたのは交易会のメンバーを出し抜くためだつたのか知ら。でもあなたはそこまで手の届く方でも策を弄されるお人柄でもない。ただ妖しい白罌粟の咲き乱れるのを眺めてゐたいだけ。縦横に奸智を旋らすのは未雉子さん、あるひは清明、あさぎの御両人。ぢや父や叔父はどういふ役廻り？　空水和尚の一枚嚙んでゐるわけは？　真菅両家は下働きで奔走してゐるの？　この伏魔殿には他に何が匿されてゐるのやら。上手の手から洩れて流れる水の、その水尾をたどつてどこまでゆくと魂の深淵が覗けるのでせう。

ふとわれに還ると七曜は姿を消してゐた。どれくらゐの時間沙果子はそこに立ちつくしてゐたのだらう。振向くとあさぎの視線がついとあらぬ方に逸れた。

「では先程申上げた順序でどうぞお出ましを」

濡縁の外から七曜が案内する。露地の飛石を伝って先刻の一組が下向して来る様子、いちはやく露地草履を穿いて出て行く空水、空晶、天道が埴科宗匠夫婦と高らかに久濶を叙する声がする。

「参りませうか。私殿《しんがり》ですから飾磨さんどうぞお先にお下《お》り遊ばして」

三人を目顔で逐ひ立てたあさぎは埴科夫妻が待合に入るのを目の隅でとらへ、まだ着てゐた濃紫の羽織をいかにも計算した身ごなしでさらりと脱いだ。満面に笑みを湛へ深深と腰を屈めるあさぎに、

「これはこれは最上の御寮人、いつもお心入れの青陽散《せいやうさん》をお届けいただいて忝い。ちと

当方へもお運びを。いづれ案内を差上げますが来月の亥の子の炉開き、きつとお揃ひでお越し下さいよ。それにしてもあれはよく効きますな。いやもうとろりと眠うなつて。荆妻も御覧の通り小娘のやうにみづみづしい。いやこれは冗談」

謡で鍛へ上げた低音が四方にひびき夫人は恥らつて顔を背ける。二、三歩歩き出した沙果子も背中で聞いた。十一時。露地の入口に一茎の咲き残りの水引草が露に濡れ火の粉のやうな紅をこぼしてゐる。

先頭に立つ空水が小走りについてくる沙果子を目顔で迎へた。何か言はうと思つて開きかけた唇を閉ぢ曖昧な微笑を浮べただけであつたが、沙果子にはその心が読める。ふと天を見上げると怖ろしいほど澄んだ碧の中に一すぢの雲が尾を引いてゐた。露地の奥に躙口の黒い戸が見える。螺旋迷宮の最後の扉。打水が作つた小さな潦《にはたづみ》に青天がちらりと映り、その水鏡を男らが踏み躙つて行く。

第七部　水精篇《すゐしやう》

名残の茶事とはもともと残茶の別れ、口切からほぼ一年の後壺の底に残る一摑みの茶を連衆に頒つ侘しい一会《いちゑ》とは聞くものの、今日の貴船家の一会はそれのみか禁断の偽アルカディアを夢みて、その今一つの世界を遊行《ゆぎやう》してゐた人人の一期の別れをも結果的には意味することになつてしまつた。

今、この離室で、空晶を前に正午と膝を並べて坐りながら沙果子はまだ霧の中を彷徨してゐるやうな心地である。

「未雉子さん大丈夫か知ら」

ぽつりと沙果子が言ふ。

「疲労とショックで倒れただけだからすぐ恢復するさ。もつともそれが原因で流産なんてこともないとは限るまいが、いつそその方がさばさばするだらう」

空晶は煙草の煙を輪に吹きながら腕を拱いてゐる。

「ぼくはこのままぢや釈然としないな。制裁を加へてやらなくちや。畜生め」

憤然として皿の胡桃《くるみ》を叩き割らうと文鎮に手を伸ばす正午に、

「こら、胡桃より先に皿が割れる。これでも古伊万里だぞ。腹立ち紛れに恐れながらと訴へて出てどうなる。皆傷だらけになつて泣きを見るだけだらう。犠牲は立春君一人で十分ぢやないか。さうだらう」

と空晶は憐れむやうな目を向けた。

満身創痍、それもさうだ。さうでなくとも今日あの座に連つた一人一人の心はすでに血塗れ、癒やすのは時の力のみであらう。その流血の場面は五、六時間前のことなのに、沙果子には遠い昔のやうに思へる。

空晶が燐寸を擦つて灰皿に投げる。淡黄の焔が消える頃仄かな香が立昇つた。煙草の匂ではない。

「真名蛮《まなばん》の『夕時雨《ゆふしぐれ》』、今日炷《た》いてゐたやつさ。一つまみ持つて帰つたが急に厭になつてそこへ捨てたんだ」

その香が、躙口から這ひ上つたあの時茶室にも漂つてゐた。

座の定つた頃、しつとりと青を含んだ淡墨色の紋綸子の着物に底光りのする暗い茜色の献上《けんじよう》を締めた左東子が茶道口から現れた。飯頭の末雉子は柿色と緑青色の亀甲を薬玉《くすだま》のやうに纏めて間遠に織込んだ泥大島、帯は銀地に黄と紫の乱菊。やや緩目《ゆるめ》に締めて何となく懶気に菓子器を運ぶ。左東子は穏やかな微笑を湛へてゐるが未雉子の目つきは昏い。その目差が詰のあさぎと対面の沙果子のあたりでしばらく遊ぶ。カクテル・ドレスに総絞り。いづれ劣らず場違ひな心の中でせせら笑つてゐるのか唇がやや歪む。

やがて点前が始まる。松風が露地の樹樹の葉擦れに紛れどこかで鳩が鳴く。檳榔樹を編んだ繭籠の花入は藪山茶花、茶掛は銀泥地に白緑で沖の小島、賛は仮名書きの字が霞んでよく見えない。発句であらう。

亭主が柄杓を引いて総礼、左東子が涼しい声で、

「お待たせいたしました。皆様どうぞお楽に。帰り新参の拙い点前、口切この方使つてをりました政所の『初夜《そや》』の名残の香に隠れてお目に余りませぬやうに」

と手をついた。薄茶のことゆゑ挨拶は無くとも連客が言葉を交すのが常識、二服目が行渡つてお仕舞の声がかかつたらこの分なら談笑に入るだらう。

正午はそろそろ膝頭が痺れ初めてゐた。早くから叩き起されたのでいささかひもじくもある。茶菓子は蒸蕷饅頭に白雪糕《はくせつかう》、いづれ真菅屋丹精のものであらうが腹の足しにもなるまい。あと小一時間このままかと思ふと憂鬱になる。沙果子は勢こんでゐたが仏頂面の誰彼がこの席で不用意な言葉を洩らす気遣ひもなく、先刻客間に掲げられてゐた罌

粟三彩図が精精の収穫だらう。隣を見ると沙果子が正午のもぞもぞする脚のあたりを眺めて笑つてゐる。三人目天道への茶碗を運んで来た未雉子が身体の向きを変へて囁いた。

「お膝お崩し遊ばせな。趺坐《ふざ》と思へばよろしうございませう。その方が飾磨さんにはお似合ですわ」

囁きが聞えたのか左東子が点て終つた茶碗を縁外に置いて下手を見た。

「御遠慮なく正午様。茶禅一如とか承つてをります。どうか参禅のお積りで足をお組みになつて。殿方は、殊にお洋服の方は亭主からさやうにお願ひします。御正客、お声をおかけ下さいまし」

空水がにつこり笑ふ。

「おう、それがよい。正午君御意に従ひなされ。薬師如来像を髣髴させてよからう。なあ空晶」

言外につねづね空晶が正午をそのやうに噂することを伝へるのであらう。天道が対面で相好を崩す。

「守るのが十二神将ならぬ十一人将、一人一体を欠いて残念ですな」

空晶の即妙の応へにはいささかの毒が混つてゐた。なるほど正午を別に客九人と亭主、飯頭。立春存命ならば客十人で十二人となつてゐたらう。清明があさぎの顔色を見ながら胡坐をかくと一座の空気はにはかにほぐれ、そこここにさざめきが生れる。ただ未雉子は茶碗を運びながら空晶の方を流し目で見、あさぎの横顔を冷やかに一瞥する。

「十二に一つ足りぬ方がまだしも。十三人目が裏切つたといふこともございますもの。第一ユダが必ずいつも男とは限りませんし」

茶碗を持つて立つた未雉子があさぎの前へ来て恭しく手をつきながら言ふ。

「ねえ、あさぎさん。これで今日父が席に連つてゐたらお詰のあなたが十三人目。面白い名残の聖夜劇になつてゐたでせうね」

あさぎの表情が険しくなつた。

「あらそれどういふ意味か知ら。私銀三十枚くらゐで売るやうな意中の人もゐないわ」

二服目を点て出した亭主の方へ未雉子は戻る。さすがに疲労が甚しいらしくいつもの一糸乱れぬ足取りもやうやくたどたどと、道具畳の端で息を整へてゐる。その姿を目敏くとらへたあさぎは伸び上つて、

「未雉子さん、お腹《なか》の赤ちやんに障つたらどうなさるの。もともと今日の飯頭役は無理だとは思つてた。こんな席で申上げたくないけど六箇月の身体で荷が勝ち過ぎやしない?」

言ひ捨てると空いた菓子器を捧げて立ち風炉近くまで進み出た。未雉子が蒼白の顔を

上げる。

「こんな席でと仰るなら私もこの席で申上げませうか」

一言言ひさしてあさぎに躙り寄る。一同は虚を衝かれた体《てい》で声を呑み互に顔を見合すばかり。二人の間に何があつたかは知らずかうなれば止めるすべもあるまい。空水は我関せず焉と瞑目、空晶は不敵な笑みを洩らし、天道は空晶の顔を覗ふ。左東子は黙黙と替茶碗に湯を注ぎ須弥は見かねて俯く。正午と沙果子は顔を見合せて頷きあひ弓削はおろおろと浮腰、風輪が空咳で動揺をまぎらはせ清明は呆気にとられて手が顫へてゐる。

「あさぎさん、さつき淡輪さんの仰つた欠けた一人はともかく失くなつた一体ですけどね。あれ私に返して下さらない。お棺の中に入れた贋物は勿論私が造りました。遺品と摩り替へたのも私。あなたはあの時訳は知らずにそれを見てゐたでせう。コートの衣嚢《かくし》に入れておいたのを抜き取つて澄ました顔。後で気がついて地団駄踏んだけど返せと言へぬのは承知の上だつたわね。淡輪さんは私がもつてると思つていらつしやるのよ。あの中には小粒の水晶が六つ入つてゐるだけだからそれに未練はないわ。ええ私もちやんと調べたの。清明さんが遺体の還つた時私にまづお見せになつたからお預りしてひねくつてゐるうちに台座の裏の嵌込蓋に気がついて明けてみたのよ。清明さんは全然御興味が無かつたからあなたには仰らなかつた。私は時計やネクタイと一緒に纏めて棚の上に

置き つ放しにして帰つたの。帰るとすぐゴム粘土で模造品を捏《でっ》ち上げたわ。三十分もかからなかつた。その留守にあなたは遺品調べをしてあれに目をつけて何かあると感づいたものの、私が知つてゐるからどうにもならず納棺の時監視してゐたのね。摩り替へるのもそ知らぬ顔で見ていらつしやつた。もつとも中味を御覧になつたのは出棺の後のことでせう。そして彼岸の中日の一幕を清明さんから洗ひざらひお聴取りになつて残る十一体の在処と方陣花苑のからくりに興味を唆られたんでせう。随分遠廻りなすつたわね。御苦労様」

一息入れて喘ぐところへ、

「遠廻りをしようが近道しようが私の勝手でせう。で、それがどうしたつて言ふの。亡き人の形見の品を盗んだあなたの厭らしい性根を皆様に聞いていただいたいただけぢやない？　私はあれを淡輪さんにお渡しするつもりで今日も持参してゐるわ。あなたに代つてお詫びもしておきませう。悪阻で精神状態まで怪しかつたからと申上げたらお許し下さるでせうから御安心なさい」

とあさぎは余裕をもつて言ひ返す。未雉子の頰が一段と蒼褪めた。

「それは御親切様に。その感心なお心がけのあなたがまたどうして九月三十日の午後人目を忍んでうちの別荘へいらつしやつたの？　三七日の法要は取止めといふ御連絡を受けて私ぴんと来たの。今日の茶事に使ふ花入や棗を取りに行く用事もあつて私も三十日は向うへ行つてたのよ。あるひはと思つて表は締めて二階で様子を覗つてたのはさすがのあなたも御存じなかつたやうね。真菅の杏八さんと二人連れで木戸をこぢ開けて、それから何をなさつたかも逐一拝見してゐましたわ。お二人ともサングラスをかけて結構な道行姿。あの日清明さんは本草研究会で朝から御出張だつたのね。法要中止はそれが理由だつたけど私信じてゐなかつた。たまには本当のことを仰ると思つて後で感心しましたの。でも私の勘も当つてた。九星花苑を掘り起して杏八さんは汗みどろ。あなたは傍で叱咤激励。大変でしたわね。無駄手間だつたけど。私あの日は朝六時から出向いて花の根元に匿してあつたものは全部掘り出しておきましたの。厚いヴィニールの袋に入れてグラス・ファイバーの紐で吊り下げるやうに埋めてあつたから別にスコップ、ショヴェルで土方の真似なんかしなくつても簡単ですのよ。杏八さんは真裸になつて中央の井戸端で身体を拭いてゐた。あなたは骨折損の草臥儲けでがつくり。それでも杏八さんの脱いだものを胸に抱きかかへてうつとりしていらつしやつた。玄関の前に駐めてあつた車がそれから一時間ばかりして出て行つたわ。あの下に何を埋めておいたか御覧になりたい？　何なら跡見の茶事でも追加して御披露しませうか。勿体ぶることはないわね。そこの台子《だいす》に根来朱漆《ねごろしゆうるし》の薬壺《やくこ》があるでせう。中に一切合財収めてるの。さ、とつくりとどうぞ」

一同の目は未雉子の抱へ出すおつとりとした薬壺に集中する。

「方陣花苑の順にまづ六白、ね、ここは坤《ひつじさる》でせう。だから水晶六つに風信子石《ジルコン》六つ。神将なら頞儞羅と安底羅。あなたが今日持参したと仰る頞儞羅に入つてゐるのが水晶六つなら、淡輪さんのお手許に残された安底羅には風信子石六つといふことになるわね。さうよ。やつとお判りになつた？　昔虚鏡和尚は十二神将に入れたのと同じ宝石をあの花苑に埋蔵なすつたの。ただ同じ水晶でも神将に入つてゐたのは甲州産の小豆粒くらゐのものなのに、埋めてあつたのはブラジル産の蚕豆大、どうしてこんな差があるのかと思つたけど、それもすぐ納得が行きました」

未雉子は空晶の方を見てにつこり笑ふ。だがその笑みもせはしい息使ひにひきつれてゐた。

「淡輪さんは神将像を鎌倉期の出来と仰つたはずなのに立春さんの持つてゐたのは赤膚焼、油煙や柿渋で時代はつけてあるものの高高十年くらゐ前に焼いたものでせうね。察するところ二種類あつてこれはイミテーション、本物の方には花苑同様ブラジル産の大粒が入れてあるのよ。淡輪さんも正直な方。語るに落ちて私みたい頭の悪いものにも判らせて下さるなんて。次は一白の午、これは飾磨天道さんへの思ひを籠めた泰山木の下。

金剛石一箇、リヴァー雪白《ホワイト》、ブリリアント・カットで五カラットのもの。五黄の金よりも高価でせうね。次は八白で艮《うしとら》、因達羅が白金《はくきん》の指輪、波夷羅が蛋白石《オパール》の玉それぞれ八つ」

次次と蜀紅錦の袱紗の上に並べられてゆく宝石は、七赤が紅玉《ルビ》、三碧が土耳古石、二黒、黒真珠、九紫、紫水晶《アメジスト》、四緑が巽《たつみ》で辰、翡翠、巳、緑柱石《エメラルド》と目を奪ふやうな逸品揃ひ、沙果子さへまだ見たこともないやうな良質のものも混り思はず進み出て息を凝らす。なかんづく紅玉はマンダレーの北モゴークの産と覚しい鳩血色《ピジョン・ブラッド》、緑柱石はカシュミールかウラルか稀に見る濃い緑、紫水晶も鉄線花《てつせん》に近い深紫、恐らくブラジルのものであらう。黒真珠はバロック・タイプながら底光りのする豌豆大二顆、耳環にでもしたら異様な効果があらう。土耳古石は正午のカフス釦とほぼ同質の埃及ものらしいが翡翠は紛れもなく琅玕《らうかん》、銀杏《ぎんなん》を緑に染めて灯に透かすやうな得も言はれぬやはらかい光、よくもこれだけ、それもこの他にもう一揃と思ふと亡き当麻虚鏡の執念が空怖ろしくなる。

「それを独占めなさるおつもり？　厚釜しい。たまたまお宅の庭に埋められたとはいひ条所有権は連名者均等のはずよ。何さ。罌粟を培《そだ》てたつて、阿片を作つたたつて最上のルートが無きやどうにもならないくせに。その半分を私達夫婦がとつて、残りを他の方方が分けることにしても何も文句は言つてもらへないところよ。淡輪さんは同じの一揃持ってゐるんだから遠慮して当然だし、真菅も菓子屋の方は罌粟粒をただ貰ってゐる手前引込んだつて罰は当らないわ。さ、今日といふ今日はそれの配分を決めませう。さうだ、うちは死んだ義弟の分も供養の意味でちやんと別に頂戴しますからね」

三白眼を釣上げ言葉遣ひも棘棘しくあさぎが畳を叩いて詰寄つた。

「さうは問屋が下さないわ。もともとこれは当麻虚鏡老師の遺産、あの方の方陣花苑への供物だから頒けるの何のと慾の深いことを考へるのが罰当りなんだけど、もし仮に帰趨をはつきりさせようと言ふのなら遺志を尊重しなきや。さ、これを御覧なさい。もし見えなかつたらそこの御手水《おてうづ》で目をよく洗つてね」

台子の下の開きから一枚の絵図を出してさつと拡げ未雉子は一同に示す。別荘客間にあつた虚鏡筆方陣花譜、裏返すと圭角のある筆跡で文言が認めてある。

虚鏡九星花苑に泰山木を植ゑてより一年の後辛未卯月拾参日私に蔵する物悉皆を珠玉に変へて花の下に秘む　他日之等を頒つべき季有らば九星十二支相逢ふ者を撰び他は青蓮院に寄進の事　当麻虚鏡記す

九星と十二支相逢ふ者、そのくだりの意味をそれぞれが按じてゐると未雉子が図を表にして言つた。

「すぐには呑込めないやうね。勿論空水、空晶お二方はお判りでせうけど、教へてあげるわ。この中に、それから今待合にゐる真菅両家の中に、たとへば上の端から言へば、二黒の戌か亥の人はゐる？　ゐないでせう。次九紫の子、これもゐない。四緑の丑に寅、七赤の酉もゐない。五黄中宮は十二支不在、三碧の卯もゐませんね、申しませうか逆に。あさぎさんは六白の辰、私は三碧の未、清明さんは七赤の卯、父が六白の丑で母が八白の中、真菅の主水さんが三碧の未、幹右さんが九紫の戌。さうよ、全部調べてあるの。お疑ひならお暇に任せてリストでもお作りになつたら？　結論を先にするならこの中に、いいえあの花園と繋つた御一統の中にただ一人だけぴたりと合つた方がゐるわ。前から言つてゐるやうに飾磨天道先生、一白の午。私どもの祖父六紀は八白の巳で合ふけれど故人。これで納得がいつた？　あさぎさんも反論の余地は無いでせうね。折角の野心が滅茶苦茶になつてお気の毒だけど。虚鏡老師の存念は一白の午にあつたのよ。当然でせう。それも不思議なことに虚《おほぞら》の鏡に映つたからこそ一白の午、暦法の通りなら六一八が逆方角になつて一白は子。その一白の子は虚鏡和尚御自身だつたのに。金剛石は天道先生のものよ。他は空水和尚を通じて本山に寄進することね。皆さん異存はないと思ひますが」

光耀眩ゆい金剛石を傍の出し袱紗に包んで天道の方へ差出さうと立上つた未雉子は、突然ふらふらと身体を游がせそのまま目を閉ぢて畳の上にくづほれた。一同総立ちになる中、さつと躍り出た正午が未雉子を抱上げた。

「皆さん一応退出して下さい。沙果子、待合室へ行つて七曜先生を呼んで来い。お父さん、医者はどうします?」

おろおろと立竦む左東子を助けて空晶が道具を片脇に寄せ須弥は我家へ毛布を取りに走つた。

清明も用事あらばと立膝で待たうとするのをあさぎが引立てて躙口へ連れ去る。この時左東子が叫んだ。

「母屋の奥の間の用簞笥に薬箱がありますの。どなたか主人に仰つてその中の九神散《くしんさん》を。強心剤で未雉子が常用してをります」

正午が立たうとするとあさぎが妙な目つきで押止め、

「それは私が取つて来ます」

と小走りに出て行つた。空晶の目がその後姿をしばらく逐ひやがて空水の方に向いた。息せき切つて須弥が毛布と夏蒲団を届け、左東子が涙ぐみながらそれを展べる。空水がやをら腰を上げ未雉子の枕許に坐り額に手を当てた。天道が脇から、

「脳貧血でせう。悪阻で衰弱してゐる上にさつきの一幕、倒れない方がをかしい」

と囁く。空水も同意見、

「九神散でとりあへずは落ちつかう。医者はその後だ」

言ひ終らぬうちにあさぎが帰つて来た。下手《しもて》に坐るとハンドバッグから薬包みを一つ抜き出した。

「はい九神散、お水はそこの水指のを」

言つて左東子に渡し何思つたか踵を返して躙口の方へ行く。左東子が薬を呑まさうと包みを開いた時それをちらりと見て空晶が鋭く一喝した。

「待ちなさい。いや、あさぎさんもだ。その薬一寸拝見」

薬指を湿して散薬の微量を舌に塗る。眉が険しくなつた。

「最上夫人、この手で立春君も葬られたのか。これはヘロイン、それも〇・五瓦はあらう。嘗めば呼吸麻痺で三分も生命は保つまい」

あさぎの顔が醜く歪む。

「まあ、怖ろしいことを。何といふ言ひがかりでせう。私は七曜先生に申上げて仰つた通り薬箱からその九神散とかを一包預つて来ただけなのに。何の証拠があつて一体」

空晶はあさぎを睨み据ゑた。

「九神散はジギタリス葉のジギトキシン。黄褐色を呈した粉だ。一目でわかる。あなたのハンドバッグにそれが摩り替へて入れてある。何なら調べさせてもらはうか」

立上る空晶、あさぎはバッグを後手に金切声を上げた。清明が傍で唇を顫はせてゐる。

「失礼な。バッグには女だけのものも入つてをります。あなた様になどお見せする義務はさらさらございません。帰りませう、あなた。こんな汚らはしい茶室、長居無用だわ」

口は怒気を含みつつも手はわなわなと顫へ、清明の介添へでやうやく露地に下り立つた。露地ではすでに七曜と沙果子が一部始終を見てゐた。それのみか真菅両家の計七人が頷き合ひながら遁げるやうに立去る二人を眺めてゐる。杏八が二人を逐はうとして二、三歩踏出しやがて元に戻つた。道生が機転をきかせて母家へ別の薬を取りに走る。やがて七曜が改めて噛ませた九神散の効目で未雉子がうつすらと目を開く。

「沙果子さんは?」

首を擡げようとするのを制して空水が目顔で迎へた。

沙果子は茶事の終りに渡さうと用意して来た翡翠を袱紗に包んで静かに枕頭に進む。

「御免なさいね。この間まであなたには思はせぶりなことばかり言つて。叔父様を疑つたりあられもないことを口走つたりしてもうすつかり愛想がつきたでせう。その私ももう一寸で殺されるところだつたんだわ。沙果子さん今日いただくはずだつた翡翠の細工物ね。改めて差上げます。いいえ、みんなお兄様に差上げて頂戴。釦二つにタイ・タック、あと一つあなたが今度向うでお求めになつたら四つの翡翠、お兄様は四緑の午でせう。丁度いいぢやないの。私、今だから言ふけどお兄様が、正午さんが好きだつた。嫌はれてゐるとはよくよく承知してゐながら思ひ切れなかつたわ。でももうお終ひね。私の遁場所だつた別荘もいづれ毀すことになるでせうし、私自身あまり永くはないやうな気がするの。さつき倒れた時正午さんが最初に飛んで来て抱き起して下さつた。あれだけで満足、思ひ残すことはありません。ありがたうございました」

頭をねぢて彼方正午の方に目礼をおくる。かぼそい声ではあるが咳一つするもののない茶室には徹つてゐた。

正午が握り拳を膝に置いて俯いた。涙を怺へる両肩が小刻みに揺れてゐる。

「何を言つてるの。御臨終ぢやあるまいし。さ、元気を出してよ。炉開きの次は初釜でせう。忙しいわよ、あなたも。明日から毎日お見舞に来ますからね」

強ひて明るく言ひ放つ沙果子の心ばへに倣つて一同も微笑を交し、枕頭は左東子に任せて客間に引揚げることにした。午近い陽射しの斜に入る牀の茶掛を沙果子はしげしげと見た。銀泥地に白緑で沖の小島、淡い青墨の賛は「竹島の竹よりも人露けしや」と読めた。初五座五に別れて咲く二輪の「けし」。まことに、芭蕉、杜国ならずとも白罌粟は彼我、正反の両世界の半《なから》に立つ別れの花であつた。

離室の表戸が開いてやや闌《た》けた木犀の香と共に須弥が入つて来た。

「灯も点けずに何してるの。お通夜みたい。沙果子、薩摩郁代さんから電話、すぐ帰つていらつしやい。空晶に正午、あと三十分ほどしたらお夕食ですからね」

沙果子と連れ立つて外へ出てから須弥が二、三歩逆戻りして、

「忘れてた。その五分ばかり前に最上清明さんから電話があつてね、くどくどと挨拶をしてから、あさぎが帰つて来ないがあるひはそちらにといふ御照会なの。お里へでも行かれたんでせうと申上げといたけど、万一いらつしやつたら空晶あんた会ふ？ それともあの方まさか早まつたことを……」

と眉を寄せる。

「おれを殺しには来ても自殺するやうな女ぢやないさ。大丈夫。会ひに来たら面白いがいくら何でも。心配なのは亭主の清明の方さ」

鼻であしらふ空晶に、

「それもさうね。私はどうだつていいわ。それより明後日はお友達から菊見の宴に誘は

れてるのよ。今日の着物、膝にお茶をこぼしたから早く汚点《しみ》抜きしておかなくちや。菊見の後は句会になるらしいからその準備もあるし、ああ忙しい」

言ふなり足音高く母屋に引返す。二人は思ひ思ひの苦笑を洩らす。安らかな懶い苦笑であつた。

最上立春はあさぎ夫人の手にかかつたのか。正午は眼で問ひかけてゐる。空晶は答を保留する。正午には判るまい。否判らうとして苦しむだらう。沙果子にも理解できまい。否、女に男の地獄、魂の修羅を覗かせてはならぬ。なまじ悧発な生れつきの耳年増《みみどしま》目年増《めどしま》、生物識《なまものじ》りの沙果子ゆゑなほさら深入りさせるのは禁物であらう。

罌粟栽培の顚末を知つたとて何の足しになる。方陣花苑と宝石の、さらには十二神将像との深い繫りを微に入り細を穿つて説明したとて何の益するところがあらう。彼等には所詮縁のない逆様の世界の儀式と事件、たまたま明るみに出た今日の葛藤を横目で見てゐてくれればいいのだ。

空晶は寝室に入つて天井の飾灯を点《とも》す。贋の十二神将像の十一が鈍い光を纏つて居並ぶ棚の前へ正午が立つ。未雉子にこれを教へたのはいつのことだつたらう。悪女の深情、それにも一縷の真実はひそんでゐた。四緑の午。人馬座《サジタリウス》を刻んだ翡翠を、立春への思ひを籠めた石を胸と手頸に飾つて忌明の法要に行かうか。白馬《あをうま》の節会は正月の七日、未雉子が初釜までに恢復したなら、せめてその姿を見せてやらうか。

空晶は寝台に寝転んで目を瞑る。両掌を頭上に差し交し横臥磔刑《わうぐわたくけい》のかたち。神ならぬ自分は立春を見棄てた。命終の際に彼は空晶の名を呼ばなかつただらうか。

あれは九月九日の黄昏、忍んで来た立春は服を脱ぎ棄ててこの寝台に横たはつた。空晶は彼を置いたまま飾磨家の晩餐に加はつた。若し人が来たら洋服箪笥に匿れよとなど言ひはしなかつた。沙果子に茘枝を取りに来させたのは立春にそれとなく逢はすためだつたのに。

その日の午頃彼は空港から空晶に電話して来た。連絡先はかねて打合せの茶房「瑠璃」。直接家へは帰りたくない。午後五時クリスタル・ホテルの向ひの地下の酒場「藥」で逢ひたい。その前に未雉子に会つて頼まれてゐた物を渡す。マスターは伝言のメモを読上げながら不吉な予感がすると眉を曇らせてゐた。旧知の苦労人、纏《まつは》る事情はかねてから呑み込んでゐたからであらう。

「藥」は開店前で人目を憚る要もなくバーテンは気をきかせ近寄らなかつた。未雉子には今約束の翡翠の原石を手渡して来たと薄ら汗を拭ふ。喘息の発作が間歇的に起り、咳きこむ唇は渇き頬は削げ落ちてゐた。もう家へは帰らない。嫂のあさぎとの間を清算したいと言ふ。もう一年越しのことだつた。あさぎは清明に慊らずまづ杏八と秘かに通じ、一方立春をペットにしてゐた。意に従はぬ立春にヘロインを嗜ませ朦朧状態を狙つて慰む。たとへ月に一、二度の気紛れにせよ罪は罪、屈辱は屈辱、これを機に家を出よう。執拗な愛撫の手から遁れたい。宿はクリスタル・ホテルに取り、十日の昼下りに彼女とロビーで逢ふ手筈、万一の場合は兄清明にすべてを告白すると最後の切札をつきつける心づもりであつた。一人で高ぶつてゐた立春の顔が今も目に浮かぶ。清算とは言ふものの立春は単に無意識の間に犯されるだけの一方的な関係、犯すとは言つても隅隅まで眠つた立春の身体はあさぎにとつてマヌカンに等しいものであつたらう。杏八との腥い情事に比べれば児戯以下、あさぎは何を大層なと冷笑するだらう。立春は未雉子にも言ひ寄られてゐた。何事も起らなかつた。起らうはずもない。何事かの起るのを期待して、おのれの蘇りを冀つて沙果子を愛した。愛する振りをして見せた。それも徒労に終つた。自分自身を逐ひ詰めて身を匿すところは空晶の離室以外にはない。

ホテルのクローク・ルームに荷物を預けてゐる間に空晶は六一八号のリザーヴを頼み先に姿を消した。

立春は浅い睡りから覚めると順序不同に言ひ忘れてゐたことを呟く。亀甲紋のネクタイが椅子に垂れ下り、汗の滲んだシャツが寝台の欄《てすり》を覆つてゐた。溜息をつくたびに薄荷の匂が流れた。護身用の頬俪羅は予定通り阿片粗製品のサンプルを胎内に詰めて渡航した。取引は一応香港で済ませ、交易会のメンバーに混つて諸処を廻り、さも興味ありげに桂皮《けいひ》や茯苓《ぶくりやう》の引合にも応じたが一日で疲れ果て別行動をとつて先に帰つて来た由である。頚偏羅には水晶を詰戻しておいたがあれはアタッシェ・ケースの中、要もない商用書類や土産だけ先に持つて来てしまつて、ぼくもよほど焼が廻つたかなどと苦笑してゐたが。

夕食を終へて天道と肩を並べて帰つて来た時立春はガウンを引つかけて書斎にゐた。天道に手短に経緯を説明して黙認を頼む間彼はうなだれて唇を噛んでゐた。別の製薬会社にでも就職してはどうか。この地を離れた方が生き易からうと言ひさして天道はそれを打消すやうに頭を振つた。連名の一人一人の去就は合議の上で決めねばならぬ。全員はともかく清明に何と説明すべきであらう。他日を約して天道は出て行つた。植込の彼方でその時正午の声がしたやうだつた。ガウンを脱ぎながら急に沙果子に逢ひたいといふ立春を窘《たしな》めて灯を消させたが、正午はその前に影を認めたのではあるまいか。私語も慎まねばならぬ。茘枝を持ち帰つた時の沙果子の顔色では、立春には会はぬにしろ何か異常に勘づいた様子、探索に来ぬとも限るまい。沙果子が入つて来た時立春は慌てて匿れたといふが敏感な彼女のことゆゑ立春の創つた不在に却つて立春を嗅ぎあてたかも知れぬ。

十日の朝姉の須弥を呼入れたのもその不在をさらに強調するためであつた。穿鑿を好まぬ須弥に警戒する必要はない。立春があさぎに渡さうと買つて来た刺繡入の上履さへつひに疑はれずに済んだ。出て行く時が問題であつた。だが離室は北の雨戸を開け生垣の栢槇《びやくしん》を摩り抜ければあとは竹矢来の柵だけ、朝出掛ける前に外からその矢来の結び目の棕櫚綱を二、三箇処切れば遁走も訳はない。若し仮に誰かに見つかつたら兜を脱げばよからう。最上家内の紛糾をまことしやかに創作すれば母娘に兄、同情こそすれ荒立てる者もゐるまい。

空晶はその意を説き聞かせて家を出た。マドラスのエスラージがやつてくる。十日午前十時に空港で逢ふのだ。心にもはや立春を容れる余地はなかつた。その夜は彼を伴つて太白山の北にある朝妻荘に泊つた。夢にカシュミールの水上ヴィラ。大麻の脂《やに》さながらのエスラージの体臭が挿頭《かざし》の十日の菊の香に混り遠いヒマラヤの雪が夢の絶間にきらめく。夜半空晶は寝室を脱け出してテラスに出て見た。クリスタル・ホテルの方角には赤い星が瞬いてゐた。あさぎは納得したらうか。無条件でこの愛玩物を解放したらうか。連名者の掟以前に彼女の矜恃と打算が許すまい。危険な義弟は放すまい。放すくらゐなら消すだらう。遠い空から立春の声が聞える。救ひを求めてゐる。空晶はふらふらと欄干に近づいた。赤い星が瞬く。その時十四夜の月を浴びた肩を赤銅色の腕が羽交締にした。首を曲げるとエスラージの濃い揉上げが頬に触れた。

立春の急死を知つたのはその翌朝のことである。空晶は偽名でクリスタル・ホテルに電話を入れた。フロントから返つた答へは六一八号は昨夜中にチェック・アウト、事故がございましてと冷やかであつた。突込んで質すとお客様は死亡された様子と胡散臭さうに言ひ重ねて名を尋ねる。電話を切つた手はべつとりと汗に濡れてゐた。

その時否死の直後仮に馳せ参じてゐたならば彼の懐の喘息の持薬をただちに調べたら う。昨夜就眠前に一服噛み残りは三服とすれば、あと三日で無くなるはず。以前は週一度も必要を感じなかつたのにと紙包みを改めてゐた。それが一服も減つていなかつたのではなからうか。これをお噛みなさいと別に用意した一包みをあさぎが渡したのではなからうか。十一日の朝、朝妻荘の帳場を去る時その疑惑は萌してゐた。

空晶は蹣跚として戻るなり微恙を理由にふたたび寝室に籠つた。エスラージは気づかはしげに枕頭に侍り、あと二、三日ここに停《とど》まらうと言ふ。頷くと早速インターフォーンを取上げ空晶仕込の流暢な日本語で延長を依頼した。食事は部屋に運ばせ彼が甲斐甲斐しく世話をする。一言も突然の微恙には触れず、昨夜半の夢中遊行者《ソムナンビュール》めいた行動を諷することもなかつた。

エスラージは十日間滞在した。常宿のクリスタル・ホテルへ移らぬことにいささかも不満を示さず、二、三日は、ともすれば滅入る空晶にひたすら仕へてゐた。来年こそ日本に別れを告げて印度へ来ないか。君はカシュミールのヴィラで当分遊んでゐればよい。そこをぼくたちの終《つひ》の栖《すみか》にしよう。幾度この誘ひを聞いたことか。そこには秩序と美、奢侈と快楽、涅槃《ニルヴアーナ》も待つてゐよう。

どこか遠くで声がしてゐる。正午が出て行つた。うつらうつらとまどろむ瞼の奥に大麻が靡く。風がエスラージのにほひを伝へる。

「叔父さん、今最上の弓削さんがこれを届けて帰つたさうです。何でせう」

小さな紙包みを正午が解く。薄葉《うすえふ》三重《みへ》にくるんだ頞儞羅像がぽとりと寝台に落ちる。拾ひ上げて正午はそれを棚に置いた。

「やつとこれで元の十二になりましたね」

空晶は皺だらけの薄葉の一枚を手にとつた。淡墨で何か散らし書きがある。

またの世に春立つ日詠める

おとうとといへども神はあらぬ夜をあさぎに萌ゆる天の白罌粟

ライターの火を近づけると文字は端から白い灰になつてゆく。

「あさぎさん、帰つて来たんですね」

棚の十二神将像を一白午珊底羅、二黒戌伐折羅と呟きながら並べ替へる正午に空晶は答へる。

「いや、出て行つたんだらう」

十二神将変　畢

巻末エッセイ　天球の方陣花苑――『十二神将変』読後――

中野美代子

貴船家方陣九星花苑に秋彼岸に播かれる罌子粟につき、明末の著名な『本草綱目』は、これを巻二十三「穀部・稷粟類」に分類する。すなわち、黍や高粱や玉蜀黍《とうもろこし》や粟や薏苡《はとむぎ》の属と同じとしているのである。文字どおりケシ粒そのものである種子を、粥にして食すれば極めて美味であるという。

さて、そのケシ坊主が未熟なうちに刃で傷をつけ、しみ出たどろりとした白い汁が、阿片であることと申すまでもない。『本草綱目』では、これを「阿芙蓉」「阿片」「鴉片」と記し、名義未詳としているが、阿芙蓉がアヘンを意味するアラビア語 afyūn の音訳であることは疑いない。天方国（アラビア）の赤い罌粟花にも言及しているところを見れば、十五世紀の鄭和の大航海以来、アラビアについての知識が格段に増えたシナ本草界の一端を窺知できるであろう。

なお、阿片用罌子粟を秋彼岸に植えるべきこと、『和漢三才図会』に見える。「単葉の者は花遅くして実多し」ともいう。

罌子粟栽培という秘密を荷った貴船家方陣花苑も、その本来の方陣配置によって植えた九種の植物によって、さらなる異彩を放つ。なかで興味あるのが、六白の方形に植えられた海芋で、これは『本草綱目』では巻十七「草部・毒草類」に見える。異名に観音蓮・羞天草・天荷・隔河仙などあり、それだけでもすでに凶々しいが、その毒性たるやすさまじい。この草に触れた刃物など鉄製のものは、ことごとく金と化すというのである。たとえば——

劉均の父が官を辞して成都にかえるとき、水銀を入れた篋《はこ》をもっていた。ところが、篋から水銀が漏れはじめたので、路傍の草をむしって塞いだところ、篋のなかの水銀がことごとく金になっていた。……

あるいは、宋初、ある軍人が馬にあたえるべく草を刈ったところ、鎌は金になった。その草を燃やした釜も金になった。……

あるいはまた、ある男が山中にて、腹の脹《ふく》らんだ蛇が草をかじり、またその草に腹をこすりつけたところ脹らみが消えるのを見た。消脹に効きめありと思い、その草を採集し、宿に泊った。すると隣室にて腹の脹らみに苦しみ呻吟する男の声があり、くだんの草を煎じて服ませたところ、声がしなくなったので治ったのであろうと安心した。朝になってのぞいたところ、病人の血肉はことごとく水と化し、骸骨だけが牀に横たわっていた。草を煎じた釜は金と化していた。……。

下らん蛇足が先になってしまったが、塚本邦雄氏の小説を華麗にいろどる植物たちには、その名、その民譚をめぐる話柄がさまざまに絡みついていて、ついそちらに目が行ってしまうことしばしばである。

閑話休題――

貴船家の方陣花苑は、亡き虚鏡《こきょう》和尚の創案に係る。すなわち、「虚《おおぞら》の鏡に映る魔方陣暦法、五黄中宮で南北が逆」という構成である（次図(e)）。

ところで、この魔方陣は、シナ古代の伝説の帝王禹《う》の時代に、洛水から出てきた神亀の甲に描かれていた図、すなわち「洛書」の数字配当（図(a)）のヴァリエーションにほかならない。数字配当といっても、「洛書」では、奇数を白マル、偶数を黒マルとして碁石を並べたような図形になっているのだが。

		S		
	4	9	2	
E	3	5	7	W (a)
	8	1	6	
		N		

		N		
	6	1	8	
W	7	5	3	E (b)
	2	9	4	
		S		

		N		
	8	1	6	
E	3	5	7	W (c)
	4	9	2	
		S		

		S		
	2	9	4	
W	7	5	3	E (d)
	6	1	8	
		N		

		N		
	2	9	4	
W	7	5	3	E (e)
	6	1	8	
		S		

それはともかく、亀の甲は天のシンボルであるから、そこに描かれた図は、天球を外から見たものということになる。天球の内部にある地上からながめると、当然この(a)のとおりにはならない。(a)をこのまま地上に移しかえると、一八〇度回転させ、南北・東西ともに逆転した(b)となる。

では、天球の外側に描かれた(a)を、その天球面が透明なものと仮定して、天球の内側の地上から仰いだらどうなるか。その場合、南面して仰ぐか、北面して仰ぐかで異なる。南面して仰げば(c)となり、これは多くの星座図と同じく左東右西になる。北面して仰げば、(c)を一八〇度回転させた(d)となること、申すまでもない。

貴船家方陣花苑(e)は、見かけ上は(d)と同じだが、南北がちがう。貴船未雉子の思念を追って、著者はこうしるす。

さう言へば暦法の南北は南上北下、618 753 294は一が子で南、九が午で北、七酉西、三卯東。虚鏡描く方陣花苑図はまさに空水の指す通り、対面の鏡に左右逆写しとなつたのではなく、斜目の天に映じた倒立図であつたか。一を午の南に変へるための詐術、それは何を意味するのだらう。

著者が「暦法の南北は南上北下」といっているのは正しいが、例示された618 753 294は、さきの図では(b)にあたり、「一が子で南……」ではない。(b)の倒立図は(d)であり、見かけ上は(e)もまた然りであるが、南北の位置がちがう。「南上北下」のもっとも正統的な「洛書」図(a)の倒立図は(c)でなければならない。

すなわち、倒立関係にあるのは、(a)と(c)、(b)と(d)であり、鏡像の左右転関係にあるのは、(a)と(d)、(b)と(c)である。(e)は、他のいかなるものとも、倒立関係にも鏡像関係にもならない。

そこで、「一を午の南に変へるための詐術」としては、「(a)の鏡像である(d)を、南北の字だけを逆転させた（「南北を逆転させた」ではない）(e)にした」とすれば足りるのである。つまり、(e)は、(a)をどうひっくり返してもありえぬ虚像である。あるいは、この方陣花苑の創案者たる虚鏡の名そのものであるが、この虚鏡とは、「虚の鏡《おほぞら》に映る魔方陣暦法、五黄中宮で南北が逆」の「虚の鏡《おほぞら》」ではありえず、「虚なる鏡」すなわち「非在の鏡」なのではあるまいか。

犀利に張りめぐらされた奸智狡計の論理の網――せっかくの魔方陣だもの、「洛書」から説いていただきたかったと思うのは、望蜀の戯言であろうか。

最後の一行、

「いや、出て行ったんだらう」

という空晶の戦慄的なことばは、あさぎの辞世に見える「またの世」に「出て行った」のであるが、「またの世」とは、さきの「洛書」をめぐる概念を用いるなら、まさしく天球の外である。その「またの世に春立つ」にあたり、あさぎが仰ぐのは、天球の内側なる地から見た天であり、そこにはありありと「あさぎに萌ゆる天の白罌粟」があった。地上の「白罌粟」は、ついに天にまたたく星宿と化し、あさぎはその天球の壁を抜けて「出て行つた」のである。

……

解説

島内景二

「歌聖」と呼ばれる人たちがいて、歌人の代名詞のようになっている。古代の柿本人麻呂、中世の藤原定家、近代の斎藤茂吉、そして現代の塚本邦雄。

塚本邦雄は、前衛短歌の巨匠として知られる。独特な雰囲気を漂わせていることばの乱舞。五七五七七の句切れが消滅しているものの、全体がきちんと三十一文字でまとめあげられているる幻惑的なリズム。彼は、読者が思わずめまいを起こしてしまうような不思議な詩歌を作り上げた。そして、戦後まもなく進むべき方向を見失って自信喪失していた古めかしい近代短歌を、華麗な現代短歌へとたった一人で鮮やかによみがえらせた。

魔術師のような塚本邦雄のことば感覚は、歌集のタイトルによく表れている。『感幻楽』『星餐図』『蒼鬱境』など、一目見ただけである種の香気と苦みが感じられるではないか。読者は、一気に作者の精神世界の磁場へと取り込まれてしまう。香りと舌ざわりこそが、本物の文学のもたらす滋味なのである。しかも、旧字体の漢字で「楽」（樂）や「図」（圖）が印刷されているので、文字から後光のように恍惚感と陶酔感が発散している。中でも、『天変の書』『豹変』

『詩歌変』『不変律』など、「変」という字を含む歌集は、塚本短歌の大きな節目となっている。むろん、この「変」も画数の多い旧字体（變）であるから、読者の心にあやしい違和感を引き起こす。

その歌人・塚本邦雄が、壮年期を過ぎて本格的に散文小説にも手を伸ばした。現代小説界にあっては異色とされる一連の小説群が、かくて生み落とされた。川端康成の「掌の小説＝掌篇小説」を意識して「瞬篇小説」と命名された短篇が、まず書かれた。そこには、特異な人間関係が巻き起こす複雑怪奇な人間心理をスケッチ風に切り取りたいという意欲がほとばしっている。短歌と瞬篇小説とは、凝縮度において似かよった側面があるので、歌人から短篇作家への変貌はあるいは比較的容易だったかと思われる。

さらに長篇小説にも、彼の触手は伸びた。その代表作の一つが、このたび文庫化された『十二神将変』である。限りなく和歌・短歌に近いことばと世界観で組み立てられた純粋結晶体のような小説を提示することで、粗雑な散文しか読めなくなった（書けなくなった）現代人に、文学観と人間観、ひいては世界観の変貌を迫っている。

塚本邦雄は、本物の小説と小説もどきとを峻別する。彼にとっての一流の文学とは、たとえば久生十蘭や夢野久作である。一般の文学史年表から意図的に冷遇され、異端のレッテルを貼られた彼らを高く評価し、「純文学」を標榜するだけで自己満足し人間を描けなくなっている小説家たちの猛省を促しているのだ。

千年以上の伝統をもつ短詩型文学の第一人者が、文学の本流を体現したうえで純文学批判を展開している。だから初めて塚本邦雄を読む読者は、固定概念としての通俗的な文学観を忘れてからページを開いた方がよい。生理的な違和感が大いなる愉悦に変わるまで、それほど時間はかかるまい。そのうえで、二つの文学観を冷静に比較して、その優劣・深浅・好悪を決めればよい。塚本邦雄の小説は、文学を愛する人間の喉元に突き付けられた凶器なのだ。

さて、『十二神将変』というタイトルだが、漢字が五文字も連鎖していて、やや意味を取りにくく感ずる向きもあろう。「変」という漢字が歌集によく用いられていることは先にも述べた。この小説では、それらと少し違って、内容が殺人事件をめぐるミステリーであるので、『十二神将殺人事件』の意味だと理解しておいてよいだろう。つまり、明智光秀が織田信長を殺した事件を指す「本能寺の変」の「変」である。

ただし、「変」という漢字の内包している複雑なニュアンスが読者の脳裏にはいくつも湧き上がってくるだろう。中でも「十二神将」という仏教用語は、「地獄変」という時の「変」を連想させる。読者は、これが単なる殺人事件でなく、この世がそのまま地獄（あるいは極楽）へと変貌しかねないことをわかりやすく図示した絢爛たる宗教絵巻であることを嗅ぎ取る。読み終わった読者の口の中は乾き、血と死で彩られた人生の味覚がひりひりと残るに違いない。この奇妙なリアリティを持った感覚こそ、塚本邦雄が現代文学の領域に回復したかったものなのである。

この小説では、「男たちの愛」の世界が、渦巻く人間関係の中心部に位置している。その世界を象徴しているのが、「罌粟《けし》」の花である。塚本の筆致は、この禁断のテーマを彼独特の流儀で描き出す。

わたしはかつて、「かなしみの〈男〉たち」という一文を草して、塚本作品の「男と女の力学」を分析したことがある。彼の小説では、意識的に女性を避けた男たちだけの自足した世界が志向されることが多い。ところが、男たちは現実の前に敗北し、心の中に失意と悲哀を蓄積する。その男たちを挫折させ、悲しませ、かつ尾羽うち枯らした敗残の男たちの生存を許してくれる現実のシンボルこそが、「女」なのである。

一見すると似た雰囲気がある森茉莉とは、まったく視点の異なる文学世界である。しいて言えば、三島由紀夫の男女観に近いかもしれない。本当は精神的に強くたくましい女が、「弱い女」や「自立できない無知な女」を表面的に演じつつ、実は人形使いのように男たちを自由自在に操っている。女たちが現実世界の枠組みを作り上げ、維持する。その枠内で、精一杯の反逆を試みつつも運命の女神たちの掌から外へ脱出できないもどかしさを、男たちはかみしめる。この構図は、男と女が協調し役割分担して完成させたものである。このように考えれば、塚本文学の男女関係は理解しやすくなる。

『十二神将変』の読者は、念頭にモーツァルトの『魔笛』の人間関係を置いて読み進めればよかろう。夜の女王に該当し、男たちを操っている女が誰なのか。誰がザラストロに該当する老賢人なのか、王子タミーノに対応する若者は誰なのか。男たちの一方的な勝利と女たちの敗退で終わる安易な『魔笛』の脚本と、人間を凝視した『十二神将変』とはどこが違うのか。そこにこそ、塚本邦雄のリアリティの本質がある。

『十二神将変』の人間関係の要になっているのは、須弥という凡庸を装う「家刀目《いえとじ》」である。精神病理学者・飾磨天道の妻にして、サンスクリット学者・淡輪空晶の姉、スポーツマンの正午と理知的な沙果子の母親。夫と子供たちの世俗的な幸福だけを祈り、日常的な家事に埋没している仮面の下で、実は「世の常の秩序」を強固に支え、男たちを「いま一つの世界」へと追いやり、彼らがはかない現実への反逆を試みることをあえて見逃してやる女性。沙果子は、殺人事件の謎を究明する過程で、自分の母親の心の世界の奥底をかいま見ることができた。

「ひょっとするとお母さんは二枚も三枚も役者が上手で何もかも底の底まで見通していながら知らない振りしてるのかな。万一そうだとすればなおさらうっかりしたことは言えないわね」（第五部「瑠璃篇」）

娘の洞察は、おそらく正しい。この小説では、人間関係を動かし現実を変貌させるのはすべて女たちの方であり、男たちは世界の変貌による苦難を甘受するだけである。だからこそ、第六部「玄鳥篇」でこぼれおちた「結婚以来ただの一度も見たことのない須弥の涙」の意味は重い。この須弥の周囲に、貴船未雉子や最上あさぎなどの妖変途上の「巫女」たちがひしめく。第四部「白毫篇」に未雉子を謡曲『隅田川』の狂女にたとえる場面があるが、悪女・狂女・魔女・巫女などという男たちの到底かなわない存在への恐れが、表明されているのだろう。『十二神将変』という小説は、殺人事件の謎が解明されて、ひとまずフィナーレを迎える。それからあとの出来事は、読者のイマジネーションの自由領域にゆだねられる。やがて壮年となる正午は、現実世界のぶあつい壁の前に敗退した男たちをかたらって、父や叔父たちと同じく、再び「いま一つの世界」の樹立を夢見ることだろう。沙果子は、男たちだけで精神共同体を作ろうとする行為に潜むあわれさとみじめさを知ったうえは、女性排除の世界観にいらだつこともなく、男を操作する女の役割を冷静に演じつづける名女優へと成長することだろう。かくて、男と女は棲み分けつつ、共同してあやうい世界秩序を維持してゆく。この小説は、現実世界に絶望している男性読者の悲哀を吸収するだけでなく、現実をたくましく生きる知恵を獲得したいと思っている果敢な女性読者の心を強く引きつける。女性に塚本ファンが多いゆえんである。

つまり、この小説では、遊離していた男の世界と女の世界とが急接近して一つに交わり、大混乱に陥り、再び二つの星雲に分離してゆくさまを描いているのである。ここに、藤原定家の、

春の夜の夢の浮橋とだえして峰に分かるる横雲の空

という名歌を思い出すのは、わたしだけだろうか。

『十二神将変』はミステリー仕立てになっているが、謎が解き明かされたあとでも何度も読み直したいという誘惑に駆られる。それは、ことばの美しさや謎解きもさることながら、人間心理に関するアプローチがすばらしいからである。「現代社会では心を病んでいない者こそ異常者であり、一番危険なのは健康という宿痾に侵されることだ」と説く飾磨天道の屈折した心理描写。人間には二面性があり、二面性のある人間こそ「本物の人間」なのだという作者の主張がここにある。

また、親友・最上立春の突然の死去に立ち会った飾磨正午は、『源氏物語』に対応させれば、権力者・光源氏の妻である女三の宮と不義密通して自滅した貴公子・柏木の最期を目撃する夕霧の立場にある。古典的な物語様式を踏まえて、作者はストーリーを組み立てている。それは、このパターン化された様式の中でこそ、人間心理の微妙な陰影が描き尽くせるからなのだ。作者はこの様式美を踏まえて、立春と兄嫁・あさぎとの奇妙な不義の物語を編み上げた。『源氏物語』の様式と言えば、貴船未雉子が懐妊することとなった春の夜の逢瀬でも、相手の男が最上立春なのかそれとも違う男だったのか曖昧なのは、宇治十帖で匂宮が薫を装って浮舟と契る場面と酷似する。あるいは、『伊勢物語』六十九段の在原業平と伊勢斎宮の「夢かうつつか」の契りを想起してもよかろう。真実と幻想の入り交じる領域で、人間の喜びも悲しみも極大化するのだ。

そして、この小説の最大の舞台装置である昴山麓の三方陣の花苑は、四人の悲しめる男たちの心が寄り合って作り出されたものだった。心から流出した悲しみを封印するために作られた花苑が、殺人事件の要因となって新たな悲しみを発生させる。その大いなる悲しみに耐えた者は、また別の新しい悲しみの容器を求めて歩きだす。容れ物を欲してやまない悲しみによって、現実世界から弾き出されつつも自分たちの居場所を模索する男たちの心のあがきが浮上してくる。この最終的な容器こそが、『十二神将変』という本それ自体である。塚本は、彼の作品に無数の男たちの心の墓碑銘を刻み込んでいる。

最後に、塚本の本領とする短歌と小説との交わりについて、簡単に述べておこう。『十二神将変』には、三首の短歌が挿入されているが、いずれも超絶技巧的に凝った作りになっている。まず、貴船左東子の歌。

恋の道この国に尽き鎖もて縛《いまし》めらるるかに春を経《へ》し

「尽き鎖」の部分に、「つきくさ＝鴨跖草」という花の名前が隠されている。古典和歌で「物名《ものの な》」と呼ばれるテクニックである。それだけではなく、初句と第二句の連接点に「道こ＝未雉子」という名前まで織り込まれている。この時点で、まだ未雉子は生まれてもいないし、はらまれてもいない。にもかかわらず、貴船左東子と設楽空水との相聞歌に「みちこ」の名前が示唆されていることは、未雉子の真実の父親が誰であるのか、謎を投げかけているのではないか。そういう疑惑の目で、『十二神将変』全篇を読み直せば、親子の組み合わせの中に「あるいは血がつながっていないのでは？」と思わせるものが何組か浮かび上がってくるような気もする。
空水の歌は、左東子の歌の「恋」という言葉を引き受けて、詠まれている。

空ゆくは恋のなごりか有限《いうげん》の言葉もつるる草かげの水

自分の名前である「空水」を二つに分割して天地（上下）に据えたのが、第一のテクニック。「有限」の歴史的仮名遣いが「いうげん」なので、二句目と三句目の連結部に「かいう＝海芋（カラー）」という花の名前が隠されているのが、第二のテクニック。
『十二神将変』完結部の最上あさぎの歌に誰の名前が織り込まれているかは、読者の謎解きの楽しみとして、ここではあえて触れないでおこう。

『十二神将変』によって初めて塚本邦雄に接した読者は、ぜひとも彼の短歌にも親しんでほしい。一白・二黒・三碧・四緑……という「九曜」がこの小説の謎解きの鍵なのだが、この九曜をすべて織り込んで創作された短歌連作が、第六歌集『感幻楽』所収の「幻視絵双六＝Ｉ　菊花変」である。何かに取り憑かれて「いま一つの世界」を作らんとした帝王・後鳥羽院の狂気と紙一重の人生を、短歌によって表現したものである。この連作のタイトルにも「変」が使われているし、主題的にも素材的にも『十二神将変』と共通する側面が多い。短歌で示される衝撃力と、小説でもたらされる共感力と、どこがどう似ていてどこが異なっているのか。読者各自で、じっくりと検証してもらいたい。

また、「罌粟」の花を詠んだ塚本の一連の歌と、『十二神将変』という小説で描かれていた「罌粟」との比較も楽しい作業だろう。

雨季迫る不毛の地にて実となりし罌粟、蒼白の殺意をもてり
弟と人には言ひて二度の夏わざはひの罌粟散りまがふかな
刈られけるわが罌粟畠おそらくはその夜しろがねの血ぞあふるらむ
義弟とはしのつく雨に白緑の罌粟の実打ちあひてきずつかぬ
罌粟は心に発止と紅し人殺す前になんぢの青春は過ぐ
罌粟播きてその赤き絵を標《しめ》とせりはるけきわざはひを待つ家族
壮年の哭《な》くは睡りの中　夏は空海の書《ふみ》罌粟の香にたつ
蹴球の男罌粟の実刻刻に跳ねて弾けて裂けて散るかも
たちまちに罌粟の睫毛のさへぎれる瞳の少女にて悪をなす

これらの独立した短歌を一首ずつ味わっていると、いくつかの歌がつながりあって、「ストーリー」を紡ぎ始める。それが、例えば『十二神将変』の世界なのである。当然に、別のストーリーもあるに違いない。それは、読者のイマジネーションの領域である。塚本邦雄の文学によって、読者は奔放な文学の想像力の翼を広げることができる。「いま一つの世界」の旅へと、いざなわれる。それが現実逃避ではなく、現実直視につながるところが塚本文学の本領である。限りある現実、苦に満ちた現実に耐えて生きる力を、彼は読者に与えつづける。

河出書房新社と言えば、「歌人」という肩書だった塚本邦雄が、名評釈『定家百首　良夜爛漫』（昭和四十八年）を世に問うことによって、広範なジャンルに参入し、本格的文学者へと変貌する契機を作った出版社である。その河出書房新社から、「長篇小説家」塚本邦雄の代表作が文庫化されるのも何かの因縁だろう。閉塞した現代の小説界にあって、「いま一つの小説スタイル」を知ることが、いつの時代にも「文学ルネッサンス」をもたらすのだ。

＊本作は、一九七四年人文書院より正字正仮名で単行本として刊行され、一九九七年に河出文庫に収められました。
＊本書は河出文庫版の新装版です。今日では配慮すべき必要のある表現も含まれますが、作品発表当時の状況に鑑み、原文通りとしております。
＊巻末エッセイ、解説は九七年版のものを再録しました。

十二神将変《じゅうにしんしょうへん》

一九九七年 五月 二日 初版発行
二〇二三年 一月一〇日 新装版初版印刷
二〇二三年 一月二〇日 新装版初版発行

著 者 塚本邦雄《つかもとくにお》

発行者 小野寺優
発行所 株式会社河出書房新社
〒一五一－〇〇五一
東京都渋谷区千駄ヶ谷二－三二－二
電話〇三－三四〇四－八六一一（編集）
〇三－三四〇四－一二〇一（営業）
https://www.kawade.co.jp/

ロゴ・表紙デザイン 粟津潔
本文フォーマット 佐々木暁
印刷・製本 中央精版印刷株式会社

Printed in Japan ISBN978-4-309-41867-4

紅殻駱駝の秘密

小栗虫太郎　41634-2

著者の記念すべき第一長篇ミステリ。首都圏を舞台に事件は展開する。紅駱駝氏とは一体何者なのか。あの傑作『黒死館殺人事件』の原型とも言える秀作の初文庫化、驚愕のラスト！

二十世紀鉄仮面

小栗虫太郎　41547-5

九州某所に幽閉された「鉄仮面」とは何者か、私立探偵法水麟太郎は、死の商人・瀬高十八郎から、彼を救い出せるのか。帝都に大流行したペストの陰の大陰謀が絡む、ペダンチック冒険ミステリ。

黒死館殺人事件

小栗虫太郎　40905-4

黒死館を襲った血腥い連続殺人事件の謎に、刑事弁護士法水麟太郎がエンサイクロペディックな学識を駆使して挑む。本邦三大ミステリの一つ、悪魔学と神秘科学の一大ペダントリー。

心霊殺人事件

坂口安吾　41670-0

傑作推理長篇「不連続殺人事件」の作家の、珠玉の推理短篇全十作。「投手殺人事件」「南京虫殺人事件」「能面の秘密」など、多彩。「アンゴウ」は泣けます。

鉄鎖殺人事件

浜尾四郎　41570-3

質屋の殺人現場に遺棄された、西郷隆盛の引き裂かれた肖像画群。その中に残された一枚は、死体の顔と酷似していた……元検事藤枝慎太郎が挑む、著者の本格探偵長篇代表作。

アリス殺人事件

有栖川有栖／宮部みゆき／篠田真由美／柄刀一／山口雅也／北原尚彦　41455-3

「不思議の国のアリス」「鏡の国のアリス」をテーマに、現代ミステリーの名手６人が紡ぎだした、あの名探偵も活躍する事件の数々……！　アリスへの愛がたっぷりつまった、珠玉の謎解きをあなたに。